어른 없는 세계

어른 없는 세계

알바로 콜로메로 지음 | 김유경 옮김

팀

제1부

1

아스트레아는 살아남기 위해 죽기 살기로 달렸다.

등 뒤에서 무법자들이 다가오는 소리가 들렸다. 더 먼 곳에서 그들의 대장이 내지르는 위협적인 소리도 들려왔다. 스물두 살 죽음의 왕, 피도 눈물도 없는 냉혹한 인간의 목소리였다.

죽음의 왕은 해 질 녘이 되면 바르셀로나가 들썩일 정도로 크게 외쳐 댔다.

"나는 너희를 끝장내러 온 죽음의 왕이다!"

죽음의 왕은 트럭 위에서 온갖 협박을 해 댔다. 아이들은 창문 뒤에서 숨을 죽이고, 노을에 비친 그의 실루엣을 지켜볼 뿐이었다. 그는 못이 촘촘하게 박힌 야구 방망이를 들고, 개의 두개골을 머리에 뒤집어쓰고 있었다. 가슴에는 해골 문신이 새겨져 있었다.

"이 멍청한 겁쟁이들아, 내 이름을 절대 잊지 마라. 나는 죽음의 왕이고, 너희 운명의 주인이시다!"

살아남은 아이들은 두려움에 벌벌 떨었고, 울음을 터뜨리는 아이도 있었다. 그 울음소리는 종종 창문 틈을 통해 건널목을 넘어서 죽음의 왕이 있는 곳까지 들렸다. 죽음의 왕은 자신을 따르는 무법자들에게 울음소리가 밖으로 새어 나오지 못하게 완전히 틀어막으라고 명령했다. 그 말이 끝나기가 무섭게 무법자들은 건물로 들어가 우는 아이들을 찾아 냈다. 그들이 도착하면 아이들은 곧장 울음을 멈췄다. 무법자들의 웃음소리만 울릴 뿐이었다.

"누구도 내 눈을 벗어날 수 없어."

죽음의 왕이 단호하게 외쳤다.

"나는 모든 걸 듣고, 보고, 알고 있다. 너희들은 곧 사라질 것이다!"

목숨을 걸고 달리는 아스트레아의 뒤를 무법자들이 바짝 쫓았다.

이제 고작 열여섯 살밖에 되지 않은 소녀는 아무것도 먹지 못한 채 며칠을 보냈고, 몹시 굶주린 상태였다. 이십 대로 보이는 무법자들은 저녁을 두 번이나 먹었다. 혼란이 도시를 집어삼키

자마자 그들은 상점을 약탈한 뒤 식량을 장악했다. 반면 어린 생존자들은 이름을 알 수 없는 식물과 곤충으로 허기를 채웠고, 간혹 비둘기를 잡아먹기도 했다.

침묵이 도시를 뒤덮은 지 반년이 지났다.

생존자들은 그날을 '어른이 죽은 날'이라고 불렀다. 그날 스물두 살이 넘은 사람들은 단 세 시간 동안 모두 죽어 버렸다. 살아남은 건 어린이와 청소년, 그리고 아직 스물두 살이 되지 않은 청년들이었다.

혼란이 도시를 지배하기 전 초기 생존자들은 이웃과 공동체를 꾸렸다. 그들은 광장에 모여 자체적으로 동네를 다스릴 방법을 정하고, 학교에서 배운 지식을 서로 나누면서 어른들이 죽은 이유를 추측해 보았다. 모닥불 주위에 둘러앉은 생존자 중 나이가 많은 아이들은 가설이 세웠다. 어른들에게만 영향을 주는 일종의 바이러스가 생겼다는 것이었다. 지구를 파괴하는 환경 오염을 일으키고 모든 생명체를 말살시킬 핵무기를 발명한 인간들을 없애기 위한 자연의 복수로 생긴 죽음의 바이러스라는 것. 자연은 생태계 파괴에 책임이 있는 어른들에게만 바이러스를 퍼뜨려 그들을 응징하고 잘못이 없는 아이들의 목숨은 온전하게 남겨 두었다는 것이다.

그렇게 침묵이 왔다. 과거를 정리하고 세상을 다시 시작하려는 듯이.

어른들이 죽고 난 다음 날, 도시 안은 쥐 죽은 듯한 정적 속에서 아침을 맞았다. 거리마다 포효하던 자동차들이 사라지고, 공장의 굴뚝에서는 연기가 피어오르지 않았으며, 하늘에서는 비행기를 찾아 볼 수 없었다. 남겨진 아이들의 마음속에는 비록 고통이 가득했지만, 기술이 멈춘 뒤 놀랍도록 고요하고 평화로운 순간을 경험할 수 있었다. 아스트레아는 그날의 소리를 생생하게 기억한다. 새들의 노랫소리와 나뭇잎이 부딪치며 만드는 바람 소리, 아스팔트에 떨어지는 빗소리. 새로운 시대의 첫날이었다. 하지만 침묵이 찾아온 지 일 년이 채 되기도 전에 침묵의 민낯이 드러났다.

세상이 밝게 비추는 자연의 아름다움은 거리마다 널브러져 있는 시체가 자아내는 공포와 선명한 대조를 이루었다. 그날 일터로 향하던 어른들은 거리 곳곳에 쓰러져 다시는 돌아오지 못했다. 어린아이들은 세상에 무슨 일이 벌어진지 모른 채 사랑하는 부모 곁에서 몇 날 며칠 울기만 했다. 한편 어떤 대학생들은 곧 또 다른 전염병이 돌 거라고 경고하기도 했다. 청년들은 길거리에 나뒹구는 시체들을 치우고, 사체를 찾는 순찰팀을 조직했다. 그 일은 몸이 고될 뿐 아니라 정신까지 피폐하게 만드는 일이었다. 아무리 치워도 끝이 보이지 않을 정도로 쌓인 시체 더미에는 수많은 기억과 마르지 않는 눈물이 고였다. 많은 생존자들은 시체를 그대로 방치하는 것을 이해하지 못했지만 그냥 내버려 두는 것에 개의치 않는 부류도 있었다. 일부는 그 일을 거부했다. 자신들에게 그런 일을 할 만한 힘이 없다면서, 우두커니 지켜만 보았다.

결국 그들 모두는 일주일 만에 시체를 처리하는 일을 포기했다. 거리마다 시체들이 발에 채이고, 한때는 사랑했던 가족들을 집 안에 그냥 내버려 두었다.

아스트레아는 부모님을 그대로 둘 수 없었다. 부모님이 일하던 사무실 바닥에 그대로 누워 있는 걸 원치 않았다. 침묵이 도착하고 이틀이 지난 뒤 그들을 묻기 위해 사무실로 갔다. 부모님은 마지막까지 서로에게 의지했는지 꼭 껴안고 있었다. 부모님이 세상에 남긴 마지막 몸짓이 사랑의 표현이었다는 사실이 아스트레아에게는 큰 위로가 되었다. 그렇지만 힘을 낼 수 있는 건 아니었다. 부모님을 직접 땅에 묻는 건 감정을 추스르기 힘들었고 육체적으로도 너무 고된 일이었다. 아스트레아는 외바퀴 수레에 어머니를 먼저 싣고 시우다델라 공원으로 가 아까시나무 아래 묻었다. 그 옆에 또 하나의 구덩이를 파서 아버지를 묻었다. 그날로부터 몇 달에 걸쳐 혼란이 도시를 완전히 점령할 때까지 매일 꽃을 들고 무덤으로 찾아가 무슨 일이 일어났는지 이야기하곤 했다. 생존자들이 새로운 세계를 세우기 위해 얼마나 고군분투하고 있는지도 전했다. 때때로 함께 누렸던 행복한 순간을 이야기하고 하늘에서 부모님이 자신을 보고 있을 거라 확신하며 미소를 지어 보이기도 했다.

아스트레아의 사정은 그나마 나았다. 집 안에서 가족이 숨을 거둔 어린 생존자들은 시체가 썩어 가는 모습을 지켜볼 수 없어 그 집을 떠나야 했다. 침묵이 찾아온 첫 주에는 어디로 가야 할지 몰라 거리를 배회하는 고아들의 모습을 쉽게 볼 수 있었다. 그때는 생존자들이 서로를 돕기 위한 조직을 만들어 나이 어린 고아들에게 피난처를 제공했다. 다른 사람의 도움을 거부하는 아이들도 있었다. 아이들은 길거리를 헤매다 사람들을 피해 지하철 역이나 현금 인출기 부스 안에서 잠을 잤다. 그런 아이들은 하나둘 죽어 갔다.

원인은 춥고 배가 고파서가 아니었다. 그때만 해도 식량이 충분했고, 침묵이 찾아온 때는 3월 중순이라 비교적 따뜻했다. 어른들이 걸린 병에 전염된 탓도 아니었다. 애당초 스물두 살 이하의 아이들에게는 죽음의 바이러스가 영향을 미치지 못했다. 그들이 죽을 수밖에 없던 이유는 스물두 살 생일을 맞이하게 될 사람들, 다시 말해 죽음이 다가오는 청년들이 희망을 잃고 잔인해진 탓이었다.

생존자들은 침묵의 날 세상에서 사라진 어른들처럼 어느 날 갑자기 목숨을 잃는 청년들을 지켜봤다. 그건 아직 바이러스가 죽지 않고 활발하게 움직인다는 증거이자 인간의 시간과 공격해야 할 시기를 바이러스가 알고 있다는 뜻이었다. 스물두 살이 되면 누구도 바이러스의 공격을 피할 수 없었다. 한동안 도시를 추스르던 노력과 화합은 사라지고 날 선 대립이 나타나기 시작했다.

죽음이 코앞으로 다가온 청년들이 야만적으로 변해 갔다. 무법자가 되어 다른 사람의 안위를 걱정하지 않았고, 더는 도시를 바로 세울 필요도 느끼지 못했다. 미래에 대한 희망 또한 버렸다. 그리고 침묵이 온 지 석 달이 지났을 때, 그들은 집단을 이루어 나타났다. 도시의 모든 것은 그들에 의해 결정됐다. 그들보다 더 강하고 더 많은 경험을 가지고 있으며 그들보다 더 이기적인 사람은 없었다. 죽음의 공포를 가진 아이들은 다른 생존자들을 힘으로 제압하며 그들만의 사회를 세웠다.

그들이 제일 먼저 한 일은 상점 약탈이었다. 그다음으로 식품 공장의 창고를 싹쓸이했고, 자급자족을 위해 일구던 밭을 불태워 버렸다. 그들은 곧 죽을 것이라서 세상의 몰락을 걱정하지 않았다. 날이 어두워지면 사람들을 무자비하게 공격했다. 도움을 청하는 아이들을 학대하고 심지어는 죽이기까지 했다. 통제소를 만들어 거리를 지나다니는 사람들을 막고 식량을 바치라고 강요했으며 뜻대로 되지 않으면 폭력을 일삼았다. 결국 얼마 안 있어 도시는 황폐해졌다.

일부 생존자들은 그들의 횡포에 항의했다. 그러나 첫 번째 사건이 발생하자마자 그들에게 머리를 숙이고 규칙을 순순히 받아들였다. 그들은 주거지에 침입하여 집기를 부수며 사람들을 내쫓았다.

마을을 점령하고 있는 무법자들의 만행으로 아스트레아가 지난 일주일 동안 먹은 거라고는 고작 아몬드 몇 알뿐이었다. 수돗물과 전기가 끊긴 지 한참 되었다. 아스트레아는 이대로 굶어 죽느니 차라리 맞서 싸우기로 마음먹었다. 그들이 밤에 나타나는 시간에 맞춰 집 밖으로 나섰다.

길 한가운데 서 있는 트럭 위에 죽음의 왕이 있었다. 그는 안락해 보이는 의자에 앉아 야구 방망이로 차량을 두드리며 거리를 살피고 있었다. 죽음의 왕은 평범해 보이는 소년이었다. 그러나 머리에 쓰고 있는 개의 두개골과 가슴팍에 새긴 문신에서는 사악한 기운이 풍겼다. 트럭 아래에는 그의 추종자이자 무법자로 불리는 놈들이 있었다. 무법자들은 시끄럽게 대화를 나누고, 차 바퀴에 오줌을 누었다. 술집에서 훔친 술을 얼마나 마셨는지 다들 취해 있었다. 온 도시를 손아귀에 넣고 싶어 안달이 나 있는 죽음의 왕 패거리들은 바르셀로나 전역에 흩어져 있는 다른 무리들과는 비교가 되지 않을 정도로 잔인했다.

죽음의 왕은 그 구역에서 식량을 갖고 있는 유일한 사람이었다. 음식이 절박했던 아스트레아는 트럭으로 다가가서 자신을 둘러싼 무법자들을 무시하고 죽음의 왕 앞에 섰다.

"배고파."

아스트레아가 외쳤다.

"먹을 거 없어."

죽음의 왕이 아스트레아를 쳐다보지도 않고 대답했다.

"있어, 있잖아. 따지고 보면 네 것도 아니지만."

죽음의 왕은 아스트레아의 반항적인 말투를 꺾어 버리려는 듯 자리에서 일어나 두 손을 허리춤에 얹고 말했다.

"없다고 했어."

셔츠 안 해골 문신이 마치 아스트레아를 노려보는 것 같았다.

"아무도 너에게 그럴 권한을 주지 않았어."

아스트레아가 물러서지 않고 말했다.

죽음의 왕은 차에서 훌쩍 뛰어 내려 천천히 아스트레아에게 다가갔다.

"난 내가 원하는 대로 무엇이든 할 수 있어. 지금은 이 구역의 주인이지만 곧 온 도시 주인이 될 거야."

아스트레아는 주춤거리며 몇 걸음 뒤로 물러섰다. 이제 열여섯 살이 되었고, 운동 신경이 뛰어났지만 죽음의 왕과 맞설 정도는 아니었다.

"이렇게 못 먹으면 우린 다 죽어. 너희는 풍족하게 먹고 있잖아. 그러니까 제발 음식을 나눠 줘."

"내가 왜 그래야 하는데?"

죽음의 왕은 썩은 이를 드러내며 웃었다.

"난 너희가 죽어 가는 걸 지켜보는 게 좋은데."

아스트레아는 죽음의 왕 눈에서 뿜어져 나오는 광기가 그 정도일 거라고는 상상조차 하지 못했다. 구역질이 날 것 같았다.

"너는 지금 스물두 살이니까 곧 죽게 될 거야. 그때가 되면 썩은 나무처럼 쓰러지겠지. 그런 널 보고 우리는 비웃을 거고."

그 말에 죽음의 왕은 크게 분노했다. 몸을 부들부들 떨며 고래고래 소리를 질렀다.

"난 안 죽어! 나는 스물두 살을 넘긴 최초 생존자가 될 거야."

"멍청한 놈. 넌 다른 사람들처럼 죽을 거고, 우리는 네 무덤에 침을 뱉을 거야."

이 말에 죽음의 왕은 들고 있던 야구 방망이를 휘둘렀다. 재빨리 피하지 않았다면 아스트레아는 방망이를 맞고 쓰러졌을 것이다. 가까스로 위기를 모면한 아스트레아의 눈에 바닥에 떨어져 있던 배낭이 보였다. 아스트레아는 배낭을 집어 들고 재빨리 달아났다. 눈 깜짝할 사이 벌어진 일에 무법자들은 어떻게 대응해야 할지 몰라 우왕좌왕했다.

아스트레아는 미친 듯이 달렸다. 양쪽 관자놀이 부근이 요동치는 느낌이 들었고, 이마에는 식은땀이 줄줄 흘러내렸다. 일주일 넘게 끼니를 제대로 먹지 못한 아스트레아는 숨이 빠르게 가빠졌다. 젖 먹던 힘을 다해 달렸지만 무법자들을 따돌리기엔 역부족이었다. 모퉁이를 돌자마자 쓰레기로 채워진 컨테이너가 보였다. 아스트레아는 생각할 겨를도 없이 재빨리 그 안으로 뛰어들었다.

컨테이너 안에서 무법자들이 사라지는 것을 지켜보았다. 다시 돌아가려면 달려왔던 만큼 또 가야 했다. 너무 지치고 힘이 빠진 아스트레아는 잠시 숨을 고르며 배낭을 뒤졌다. 참치캔과 물 한병이 들어 있었다. 아스트레아는 참치캔을 땄다. 참치를 입속에 몽땅 털어 넣고 캔 안에 붙어 있는 것까지 박박 긁어서 깨끗이 먹어 치웠다. 정말 오랜만에 느껴 보는 음식 맛이었다. 위험한 상황이었지만 참치의 맛을 최대한 느끼고 싶었다. 아스트레아는 컨테이너 벽에 기댄 채 잠깐 눈을 감았다. 그리고 하늘을 바라보았다. 하늘에서는 별들이 밝게 빛나고, 달이 찬란한 빛을 내고 있었다. 거짓말 같은 일이 벌어지고 있는데도 하늘은 여전히 아름다웠다.

　한 시간이나 지났을까? 숨어 있던 아스트레아가 밖으로 나와 집으로 향했다. 어디선가 무법자들이 튀어나올지 모른다는 두려움이 온몸을 감쌌다. 아스트레아는 황량한 도시를 조심 또 조심히 걸어 아파트 입구에 들어서서야 안도의 한숨을 내쉬었다. 천천히 계단을 올라가면서 배낭 안을 손으로 뒤적였다. 물병이 손에 잡혔다. 아스트레아는 처음으로 혼란의 시대에서 살아남을 수 있을 만큼 자신이 강하다는 느낌이 들었다.

2

아스트레아는 마지막 남은 물을 컵에 따라서 모두 마셨다. 한 병을 사흘에 걸쳐 나눠서 마셨다. 얼마 지나지 않아 갈증이 다시 찾아왔다. 다시 밖으로 나갈 수는 없었다. 그날 이후 무법자들이 아스트레아의 이웃집 옥상에서 진을 치고 있었다. 아스트레아를 용서할 수 없는 죽음의 왕은 매일 밤 트럭 위에서 소리를 질렀다.

"도둑년, 널 꼭 찾아내고 말 거다! 꼭 찾아내서 살려달라고 애원할 때까지 널 고문할 테다!"

아직은 무법자들이 아스트레아가 있는 아파트 건물까지 다가오진 않았지만 언제라도 들이닥칠 수 있다. 내일 당장 찾아온다고 해도 그리 놀랄 일은 아니었다.

아스트레아는 이 구역, 아니 어쩌면 이 도시를 떠나야 한다고 생각했다. 더는 망설일 수가 없었다. 막연히 북쪽으로 가야겠다고 생각했다. 그곳에는 화합을 이루며 조화롭게 사는 공동체가 있을 것만 같았다. 그곳이 아니라면 서쪽 산에 버려진 도시가 있을 것 같은 생각이 들었다. 그곳에 가면 지금까지 살아온 방식과는 완전히 다른 삶을 살게 되겠지만 지금은 도망치는 것 외에 다른 방법이 없었다.

그날 밤, 아스트레아는 떠나기로 마음먹고 배낭에 손전등과 라이터, 작은 칼을 챙겨 거리로 나섰다. 막 건물을 벗어났을 때 무법자 무리가 길모퉁이를 돌고 있었다. 아스트레아는 재빨리 벽에 몸을 붙여야 했다. 그렇게 벽에 딱 붙어서 한 발 한 발 움직인 끝에 발견한 어느 아파트의 입구로 냉큼 들어갔다.

아스트레아는 숨을 곳을 찾기 위해 계단으로 올라갔다. 그리고 3층에 도착하기 바로 직전, 층계참에서 뛰어가는 검은 실루엣을 보았다. 아스트레아는 재빨리 검은 실루엣에 다가갔다. 그리고 칼을 꺼냈다.

그는 무법자가 아니었다. 아스트레아와 비슷한 또래의 소년이었다. 소년은 크게 놀란 눈치였다.

"쫓기고 있어. 너희 집에 숨겨 줘."

소년은 고개를 끄덕이고는 조금씩 움직였다. 아스트레아는 칼을 손에 든 채 소년을 따라가 그의 집에 다달았다. 그는 문에 잠가 둔 다섯 개의 자물쇠를 풀었다. 집 안으로 들어선 아스트레아는 주방을 보자마자 다리에 힘이 쭉 빠졌다. 그곳에는 여러 개의 큰 물통과 백 개는 족히 넘어 보이는 통조림 그리고 말린 과일 등 먹을 것이 아주 많았다.

"이거 다 어디서 났어?"

"식량이 부족해질 거라고 예상했거든. 미리 모아 뒀어."

아스트레아는 눈앞에 있는 아몬드 봉지를 뜯어 목이 멜 정도로 우걱우걱 씹어 먹고 있었다.

"내 이름은 네스토르야."

소년이 불쑥 말했다.

아스트레아는 네스토르를 힐끗 쳐다보고 나서 물었다.

"얼마나 숨어 있었던 거야?"

"처음부터."

"침묵이 온 이후로 쭉? 그럼 6개월 전부터인데?"

"맞아. 그날 나는 아파서 학교에 못 갔었어. 부모님은 아침에 나가셨다가 다시 돌아오지 않았고. 길의 시체들을 보는 순간 세상이 변했다는 느낌이 들었지. 그래서 집에 숨어 있기로 마음먹었어."

"처음 석 달은 조용했어. 숨어 있을 필요가 없었는데."

"맞아. 하지만 난 전쟁이 일어날 거라는 생각이 들었고 준비해야겠다 싶었어. 결국 내 생각은 틀리지 않았어."

"혼란의 시대가 올지 어떻게 알았어?"

"책을 보고 알았지. 난 소설을 아주 많이 읽거든. 믿기지 않겠지만, 지금은 책에서 본 상황이랑 정말 비슷해. 책에서도 힘센 자들이 약한 자들을 지배하거든."

네스토르는 책이 가득 쌓여 있는 방을 보여 주었다. 수많은 책이 천장에 닿을 만큼 쌓여 있었고, 사방 벽을 빼곡히 덮고 있었다. 그렇게 책이 많은데도 먼지 한 톨이 없었다. 네스토르는 마치 보석을 다루듯 책들을 조심스럽게 어루만지며 말했다.

"난 며칠 동안 무법자들에 관해서 연구했어."

네스토르는 쌓여 있는 책 중에 한 권을 뽑아 들며 말했다. 책이 빠진 틈으로 건물 맞은편 지붕이 보였다.

"여기로 죽음의 왕을 계속 살펴봤어."

방 안을 둘러보던 아스트레아의 시선에 문 옆의 사냥용 엽총 두 자루와 칼 세 자루, 큰 활이 들어왔다. 네스토르가 그것들을 사용할 것 같지는 않았다. 그저 무기가 가까이 있어야 안심이 되는 것 같았다.

"와, 여기는 병기 창고네!"

"조심해서 나쁠 것 없는 법이니까."

"하지만 네가 생각하지 못한 게 있어."

"뭔데?"

네스토르가 물었다.

"무법자들은 성냥개비 하나만으로 널 여기에서 나오게 할 수 있어."

"그들은 건물을 태우지 않아. 집을 돌아다니며 약탈할 뿐이야."

"맞아. 하지만 네가 반항하면 집에 불을 지를 수도 있어. 그러면 책이 가득한 네 방은 불길에 휩싸이겠지."

"그런 일이 생긴대도 상관없어. 내가 좋아하는 작가들과 함께 죽을 거니까."

"죽음을 피할 수 있는 다른 방법이 있는데."

"뭔데?"

"싸우는 거."

네스토르는 아무 대꾸를 하지 않았다. 소파에 앉아 책을 읽는 척하고는 한마디 툭 던졌다.

"네가 원한다면 여기에서 밤을 보내도 좋아."

"고맙지만 사양할게. 이 집에 있으면 떠나고 싶지 않을 것 같아. 난 이 도시를 떠날 거야."

"도시를 떠난다고? 너 미쳤어? 네가 첫 번째 블록을 벗어나기도 전에 저들에게 잡혀 죽고 말 거야."

"아닐 수도."

"어디로 갈 생각인데? 밖은 적들이 우글거리는 세상이라고. 바르셀로나만 혼란이 가득하다고 생각하지는 않겠지? 전 세계가 다 그렇다고."

"그건 너도 모르잖아! 지금은 바깥소식을 전혀 듣지 못하고 있으니까. 인터넷도, 텔레비전도, 라디오도 모두 먹통이잖아. 이 도시 밖에서 무슨 일이 벌어지고 있는지 전혀 알 수가 없어. 어쩌면 사람들이 행복하게 사는 곳이 있을지도 몰라. 지로나*, 사라고사** 아니면 파리에는 있을지도 몰라."

"꼭 인터넷이 있어야 세상이 무너졌다는 걸 알 수 있는 건 아니지."

"그렇긴 하지만……."

"바보 같은 짓이야!"

네스토르는 크게 화를 내며 소리쳤다.

"생존할 수 있는 유일한 방법은 은신처에 그냥 있는 거라고."

아스트레아는 주위를 둘러보고 어깨를 으쓱하며 말했다.

"여기가 은신처라고? 감옥이 아니고?"

"나랑 7층 여자에겐 가장 좋은 은신처야."

---

* Girona, 헤로나로도 불리며, 스페인 카탈루냐 북동부에 있다.

** Zaragoza, 스페인에서 다섯 번째로 큰 도시로, 스페인 북동부 아라곤 지방에 있다.

"7층 여자? 7층에 누가 사는데?"

네스토르는 방금 한 말을 후회하는 표정이었다.

"7층에 누가 사냐고!"

아스트레아는 집요하게 물었다.

"소녀가 살아, 임신한 소녀."

아스트레아는 그 말을 듣고 믿을 수가 없었다.

"지금 7층에 임신부가 있다는 소리야?"

"응."

"그럼 도와줘야지!"

"도와주고 싶었는데……."

네스토르는 의자에서 몸을 일으키려다가 책을 떨어뜨렸다.

"며칠 전에도 찾아갔는데 거절당했어. 우연히 식량을 구하러 들어간 집에서 마주쳤어. 그 소녀는 침대에 누워 있다가 나를 보자마자 비명을 질러 댔어. 먹을 걸 줬는데도 비명을 멈추지 않아서 그 집에서 나올 수밖에 없었지. 처음에는 그 애의 상태가 어떤지 몰랐어. 걱정이 되어서 일주일 뒤에 다시 갔더니 여전히 누워 있더라고. 씻지 않았는지 지독한 냄새가 났어. 음식을 가져왔다고 말했는데도 날 보자 또 비명을 질렀어. 그 순간 배가 보였어. 내 예상이 맞다면 침묵이 오기 전에 임신한 것 같아. 어쨌든 그날 이후 사흘에 한 번씩 음식을 가져다줬어. 음식을 그 집

현관문 앞에 뒀고, 문을 열고 나와서 음식을 가지고 들어가는 걸 지켜봤지. 집 안에 다른 사람이 들어오는 걸 원하지 않았어. 그 애는 제정신이 아닌 것 같아."

"임신한 지는 얼마나 된 것 같아?"

"나도 몰라. 마지막으로 봤을 때 배가 아주 많이 나왔다는 것밖에."

"지금 당장 그 애를 보러 가야 해."

"그 애에게 가까이 다가갈 수도 없어. 다른 사람이 집에 들어가면 비명을 지른다니까. 만일 죽음의 왕이 그 소리를 듣는다면 우린 끝장이야."

"그러다 아기가 태어나면 어쩌려고? 막 태어난 아이가 울 거란 생각은 못 하는 거야? 그 소리를 들은 무법자들이 네 은신처를 발견하지 못할 것 같아? 쥐새끼처럼 이 방 안에 숨어 있는 게 안전할 거라고 생각해?"

네스토르는 아스트레아를 쳐다본 후 등을 홱 돌리며 소리쳤다.

"우리는 그 애를 도울 수 없어."

아스트레아는 더 이상 시간을 허비하고 싶지 않았다. 네스토르를 뒤로하고 현관으로 향했다.

"어디 가?"

"7층."

"가지 마. 그 애 때문에 우리가 죽을 수도 있어."

"난 너랑 달라."

"그게 무슨 말이야?"

"나는 겁쟁이가 아니라고!"

아스트레아가 첫 번째 빗장을 열 때였다.

"좋아, 네가 이겼어. 나도 같이 갈게."

네스토르가 부엌에서 칼을 들고 나왔다.

"총이 더 나을 텐데."

"칼은 조용하지만 총은 시끄럽잖아. 이제부터는 내 말 잘 들어. 우리는 7층으로 올라가서 그 집의 현관문을 연 다음, 그 애의 입을 막을 거야. 비명을 지르지 못하도록. 그것이 첫째로 해야 할 일이야. 무법자들에게 우리가 있는 곳을 알려선 안 되니까. 그러곤 그 애의 상태가 어떤지 살펴보고 나오는 거야. 알겠지?"

"그래, 일단 가 보자."

3

네스토르가 앞장섰다. 아스트레
아에게 용감하게 보이고 싶은 마음과 달리 행동에는 겁먹은 티
가 역력했다. 파이프에서 물방울 떨어지는 소리만 들려도 화들
짝 놀랐다.

"무슨 소리야! 뭐였어?"

"네스토르, 아무것도 아니야. 안심해."

네스토르는 당장이라도 부서질 것 같은 계단을 한 발 한 발 조
심스럽게 밟았다.

아스트레아는 거침없이 계단을 오르고 싶은 마음을 꾹 누르고
네스토르에게 길 안내를 맡겼다. 아스트레아는 네스토르가 두
려움을 극복하고, 용기 있게 앞으로 나아가길 바랐다. 더불어 이

도시에서 함께 나갈 수 있다는 희망을 전해 주고 싶었다. 바르셀로나를 떠나겠다는 아스트레아의 마음은 변함이 없었다. 하지만 혼자 여행하는 건 아무래도 내키지 않았다. 옆에 누군가 있으면 했고, 눈앞에 있는 네스토르가 함께 가 주길 바랐다. 그러기 위해서라도 대담한 정신력이 있어야 한다고 생각했다.

사실은 아스트레아도 무척 두려웠다. 건물 여기저기에 숨어 있는 무법자들이 나타날까 봐 겁이 났다. 이 건물에서 실제로 만난 유일한 생명체는 발보다 조금 큰 쥐 한 마리뿐이었지만. 침묵이 온 이래로 지하에서 숨어 지내던 동물들은 도시 전역을 자유롭게 돌아다녔다. 아무도 쥐를 쫓지 않았고, 때때로 생존자를 물었다. 그로 인해 경련과 구토 증상을 보이며 사망한 어린이도 있었다.

꼬리를 밟기 전까지 아스트레아는 이곳에 쥐가 있다는 사실을 알아채지 못했다. 밟는 순간 쥐가 날카로운 소리를 지르고 빙빙 돌더니, 아스트레아의 신발을 물었다. 아스트레아는 쥐를 떼어 내려고 허공에서 발을 흔들었지만 쥐는 힘을 풀지 않고 점점 더 세게 물었다. 아무리 흔들어도 발끝에 계속 매달려 있었다. 네스토르가 손전등으로 쥐의 머리를 내리치지 않았다면 쥐를 떼어내지 못했을 거다. 아스트레아는 네스토르의 단호한 대처를 보고 그와 함께 갈 수 있겠다고 생각했다. 아스트레아는 네스토르를 꼭 안아 주었다.

두 사람은 조용히 계단을 올랐고, 임신한 소녀가 있는 7층을 코앞에 두고 있었다. 그때 갑자기 아래층에서 쾅쾅거리며 문을 두드리는 소리가 났다. 깜짝 놀라 두 사람은 계단 아래를 힐끔 보았다. 난간을 붙잡고 있는 누군가의 손이 희미한 불빛에 보였다.

"누가 올라오고 있어!"

"일단 숨자."

네스토로가 말했다.

"옥상으로 올라가자. 거기로 가면 탈출할 방법이 있을 거야."

두 사람은 계단을 성큼성큼 뛰어올랐다. 곧 또다시 쾅쾅거리는 소리가 들렸다. 아래를 내려다보니 무법자 무리가 위를 힐끔거리며 올라오고 있었다.

"넌 이미 독 안에 든 쥐야!"

무리 중 한 명이 외쳤다. 그들은 아스트레아와 네스토르가 아니라 이 건물로 들어온 다른 누군가를 쫓고 있었다.

"서둘러! 저놈들에게 들키면 우리까지 다 죽일 거야."

아스트레아가 다급한 목소리로 속삭였다. 임신한 소녀를 생각할 겨를이 없었다. 두 사람은 7층을 지나쳐 옥상에 도착했다. 그러나 문이 잠겨 있어서 밖으로 나갈 수가 없었다. 어둠이 자신들을 숨겨 주길 바라면서 몸을 웅크리고 있었다. 최대한 몸을 숨기기 위해 서로 끌어안고 있었지만, 두려움에 떨고 있는 상대를 위로하고 싶은 마음이 더 컸다.

곧 무법자들에게 쫓기던 사람이 꼭대기까지 올라왔다. 십 대 후반으로 보이는 소년은 두 아이를 발견하고 나서 대뜸 소리를 질렀다.

"도대체 여기서 뭣들 하고 있는 거야?"

"숨어 있는데."

아스트레아가 대답했다.

아스트레아와 소년은 서로를 쳐다보았다. 건장한 체격에 검은 티셔츠와 찢어진 청바지를 입고 군용 부츠를 신고 있었다. 허리춤에는 짧은 칼 두 자루를 차고 있었다.

무법자들의 시끄러운 소리가 점점 더 가까워지고 있었다. 소년은 옥상 문에 걸려 있는 자물쇠를 살펴보고 아스트레아를 돌아보았다. 그러고는 눈을 찡긋하며 미소를 지었다.

"왜 그렇게 웃는 건데?"

네스토르가 경계하는 듯한 눈빛으로 소년에게 물었다.

"원래 그래. 나는 항상 모든 걸 비웃거든. 이게 내가 살아 있다는 증거지, 꼬맹이."

소년이 비꼬는 듯한 투로 네스토로에게 대답했다. 그러고는 온 힘을 다해 문짝을 세게 걸어찼다. 자물쇠가 공중으로 튀어 올랐고, 네스토르와 아스트레아는 문을 열고 옥상으로 나갔다. 이름 모를 소년은 양팔을 허리춤에 올린 채 계단을 내려다봤다.

"얼른 와!"

아스트레아가 소년에게 소리쳤다. 하지만 소년은 꼼짝도 않고 칼을 꺼내며 말했다.

"진정해. 이런 건 식은 죽 먹기야."

어느새 무법자들이 꼭대기 층에 도착했다. 그들은 소년이 양손에 칼을 쥐고 기다릴 거라고는 예상하지 못했다. 자신들도 무기를 들고 있으면서도 소년에게 들이댈 생각을 못 했다.

"꿇어."

무리 중 한 명이 소년에게 말했다.

소년은 말없이 한참 그들을 내려다보고는 발을 탁탁 바닥에 굴러 그들에게 겁을 주어 물러서게 했다.

"그냥 순순히 꺼지는 게 좋을 거야."

소년이 허세 가득한 목소리로 말했다.

"우리는 여덟 명이고, 넌 달랑 혼자야."

"그건 그렇지. 하지만 너희는 겁을 먹었고, 난 아니란 말이지."

그 순간 소년이 무법자의 머리 위를 훌쩍 뛰어넘었다. 그러고는 그들을 좌우로 걷어찼다. 무법자들은 땅에 쓰러졌다. 그중 날렵한 무법자가 자리에서 벌떡 일어나 소년의 얼굴을 가격했다.

일격을 당한 소년의 눈에는 분노가 이글거렸다. 그 눈빛을 본 무법자들은 겁에 질려 뒤로 물러서다가 다른 무법자의 발에 걸려 중심을 잃고 휘청했다. 순간, 소년의 발이 무법자의 가슴에 내리꽂혔다. 무법자는 균형을 잃고 쓰러졌다.

소년은 무법자들을 전혀 두려워하지 않았다. 한 무법자가 소년의 어깨 너머로 아스트레아와 네스토르 쪽을 쳐다보고 있었다. 옥상에 있는 두 아이를 발견한 것이다. 소년은 칼을 하나 꺼내 옥상을 바라본 무법자의 얼굴에 상처를 냈다. 동료의 얼굴에 퍼지는 피를 본 무법자들은 일제히 소년에게 달려들었다. 이번에도 무법자들이 소년을 제압하기는 역부족이었다. 소년은 계단과 계단 사이를 훌쩍 뛰어 안전하게 착지한 뒤, 아래층으로 내달렸다. 무법자들도 그를 따라 내려갔다. 아스트레아와 네스토르는 옥상에서 아래를 내려다보았다. 이윽고 건물에서 빠져나온 소년이 거리로 뛰어가는 게 보였다.

"그 방향이 아니야."

네스토르가 소리쳤다.

소년은 죽음의 왕이 있는 쪽으로 달리고 있었다. 죽음의 왕은 소년이 오는 걸 눈치채고 야구 방망이로 소년을 가리키며 부하들에게 명령했다.

"잡아 와!"

두 번째 패거리들이 나타나 인간 장벽을 세워 거리를 막았다. 그들은 칼과 철 사슬, 심지어 권총까지 들고 준비하고 있었다.

소년은 당황하지 않고 어느 건물의 벽을 타고 올라가서 창문 난간을 움켜잡았다. 소년은 팔을 굽혀 몸을 끌어 올려서 창턱에 걸터앉았다. 그러고는 무법자들을 바라보았다. 마치 신이 세상을 바라보는 듯 거리를 내려다보았다. 하지만 안타깝게도 소년에게서 신처럼 신성한 모습은 찾아보기 어려웠다. 소년은 일어나 바지를 내리고 무법자들을 향해 오줌을 쌌다. 네스토로의 눈에는 죽음의 왕에게 겁 없이 대들어 그를 자극하는 말썽꾼으로 보일 뿐이었다.

아스트레아는 웃음을 참을 수가 없었다. 네스토르는 소년의 태도를 비난했다.

"저 인간 완전히 돌았네."

"아니야, 그렇지 않아. 쟤는 우리에게 꼭 필요한 사람이야."

그 순간 소년의 귀에 아스트레아의 말이 닿기라도 한 것처럼, 그가 웃는 얼굴로 옥상을 바라보며 아스트레아에게 인사를 건넸다. 그러고는 등 뒤의 창문 유리를 깨고 건물 안으로 훌쩍 사라졌다.

4

무법자들은 모두 사라지고 없었다. 일단 네스토르의 집으로 돌아간 두 사람은 마음을 진정시켰다. 한동안 서로 아무 말도 하지 않았다.

네스토르는 무슨 생각을 하는지 거실을 왔다 갔다 했다. 아스트레아는 가만히 소파에 앉아 앉아서 네스토르가 진정하기만을 기다렸다. 안절부절못하는 네스토르를 보다 못한 아스트레아가 침묵을 깼다.

"이제 우리가 다음에 할 일을 정해야 해."

"우리에게 다음은 없을 거야. 지금 너무 위험한 상황이니까 다음을 기약할 수 없어."

"그렇다고 여기 그대로 있으면? 결국 우리는 발각되고 말 거야."

"그게 아니면? 무슨 좋은 생각이라도 있어?"

"이미 알 텐데."

네스토르는 발걸음을 멈추고 잠깐 아스트레아를 위아래로 훑어본 뒤 대답했다.

"난 이 도시를 떠날 수 없어! 저 밖에 뭐가 있는지도 모르잖아. 여기보다 더 혼란스러울 수도 있다고."

"그럴 수도 있지. 하지만 지금 가장 큰 문제는 죽음의 왕이 이 건물을 주목하고 있다는 사실이야. 그리고 조만간 이 문도 부서지게 될 거야."

"우리에겐 무기가 있잖아."

"누가 그걸 사용할 건데? 네가 할 거야?"

네스토르는 따지는 아스트레아에게 반박할 말이 떠오르지 않아 입술을 꽉 깨물었다.

"우리는 도움이 필요해."

네스토르가 말했다.

"어쩌면 아까 그 애가……."

아스트레아가 간절한 목소리로 말했다.

"농담이지?"

"아니, 아주 진지한데."

"아까 걔가 한 일을 못 봤어? 무법자를 여기까지 끌고 와서 쓸데없이 그들을 자극하고 오줌을 갈겼어. 완전 미친 또라이라고!"

"용감한 거지."

"무모함을 용기라고 착각하지 마."

둘의 의견이 서로 갈리면서 팽팽한 긴장감이 돌았다. 결국 잘 자라는 인사 없이 각자의 잠자리로 향했다. 화가 난 아스트레아는 소파 등받이 쪽으로 홱 돌아누웠다.

네스토르는 자기 방으로 들어가 문을 닫으려다가 말고 소파를 힐끔 쳐다보았다. 잠시 망설이다가 하고 싶은 말을 관두었다. 네스토르는 아스트레아의 선택이 잘못됐다고 생각했다. 어둠 속에서 수많은 밤을 보낸 공포의 시간을 잊었다고 믿었다. 만일 자신이 아스트레아였다면 이 집에 계속 머물러도 좋다는 제안을 흔쾌히 받아들였을 것이다.

뭔가 삐걱거리는 소리에 아스트레아는 놀라 잠에서 깼다. 눈을 떠 보니 누군가 자신을 쳐다보고 있었다. 아스트레아는 본능적으로 소파 위로 튀어 올라 비명을 질렀다. 네스토르가 칼을 들고 거실로 뛰쳐나왔다. 네스토르는 어둠 속에 숨어 있던 사람에게 칼을 휘둘렀다. 칼을 든 손은 부들부들 떨리고 있었다. 어둠 속에 있던 낯선 사람이 네스토르의 손목을 치자 칼이 바닥에 툭 떨어졌다.

지난밤 만났던 그 소년이었다.

"먹을 것 좀 줘."

소년이 말했다.

"없어."

네스토르는 기어들어 가는 작은 목소리로 대답했다. 소년이 씩 미소를 지으며 말했다.

"부엌에 가득하던데."

"그건 우리 식량이야!"

아스트레아가 소리쳤다.

소년은 문에 기대 칼날을 가만히 쓰다듬었다.

"너희는 좋은 사람들이 아니네. 어제 내가 너희를 구해 줬는데. 고마워하기는커녕 먹을 것도 안 주다니."

"무법자들을 여기까지 끌고 온 건 너잖아."

네스토르가 소년을 원망하며 말했다.

"너 때문에 우리는 이 아파트를 떠나야 해."

"내 잘못이 아니지. 바보 둘이 계단에 쥐 죽은 듯 숨어 있다는 걸 누가 상상이나 했겠어? 혼란의 시대 한복판에서 말이야, 정상적인 생각을 할 줄 안다면 집 안에 죽은 듯이 있어야 했지!"

아스트레아가 소년에게 물었다.

"근데 넌 어떻게 여기에 들어 온 거야? 문에 걸쇠를 다섯 개나 걸어 됐는데."

"내 손재주가 좋은 거로 하지."

"정말 재주가 좋네. 그런데 내가 지금 누구와 이야기하는지 좀 알려 줄래?"

아스트레아가 말했다.

"날 몰라?"

"널 알아야 해?"

소년은 흥미롭다는 듯 아스트레아를 바라보았다.

"음, 내가 이 도시에서 꽤 유명하지만 네가 날 꼭 알아야 하는 건 아니지."

"그래서?"

"뭐가 그래서야?"

"네 이름이 뭐냐고."

"레온. 내 이름은 레온이지만 사람들은 날 솔리타리오*라고 부르지. 그런 너희는?"

"난 아스트레아."

"나는 네스토르. 딴 이름은 없고 그냥 네스토르. 그러니까 별명도 뭐도 없어. 그냥 네스토르."

———

 * Solitario '고독한 자'라는 뜻.

네스토르가 세 번이나 자기 이름을 반복했다.

"알았어, 알았다고."

레온은 별로 중요하지 않다는 듯 무심히 말했다.

"근데 너희 어젯밤에 옥상에서 뭘 한 거야?"

"임신한 이웃 소녀를 찾아가는 중이었어."

"임신부라고? 이거 대단한데! 이런 혼란의 시대에 임신부가 있다니!"

레온이 허벅지를 치며 놀랐다.

"우리는 그 애를 도우러 가는 중이었어."

"도와? 왜?"

"뭐가 왜야? 아기를 가졌으니까 도와야지."

"그 여자가 너희에게 도와달라고 했어?"

"아니."

"그런데 왜 그런 거야?"

"너처럼 이기적인 인간은 다른 사람을 도와야 하는 이유를 이해하지 못할 수도 있겠다."

아스트레아가 비아냥거리는 투로 말했다.

레온은 미소를 싹 거두고 아스트레아를 빤히 쳐다봤다.

"내가 무슨 생각을 하는지 네가 어떻게 알아?"

냉정하게 쏘아붙이는 레온의 목소리에 아스트레아는 놀랐지만 주눅 들지 않고 말을 이어 갔다.

"그럼 증명해 봐. 너도 우리와 함께 소녀를 도와줘."

그 말에 레온이 다시 건들거리는 태도와 장난기 가득한 미소를 지어 보였다.

"하하! 그건 꿈도 꾸지 마. 지금 가진 문제만으로도 충분하니까."

"우릴 좀 도와줘. 넌 싸움도 잘하고, 힘도 세잖아. 무엇보다 무기를 사용할 줄도 알고."

아스트레아가 집요하게 매달렸다.

"이봐! 거기엔 가지 말자고. 우리끼리만 나갔다가는 꼬맹이가 위험해질 거야."

레온이 네스토르를 가리키며 대답했다.

"날 그런 식으로 부르지 마."

네스토로는 기분이 상했다.

"그러지 말고, 우릴 좀 도와줘. 제발 부탁해."

"싫다고 했잖아."

단호하게 선을 긋는 레온에게 아스트레아는 크게 실망했다.

"고집이 정말 세네, 그렇지?"

레온이 네스토르를 아래위로 훑어보며 말했다.

네스토르는 대답하지 않았다.

"이 집에서 나가 줘."

아스트레아가 레온을 향해 말했다. 하지만 레온은 꿈쩍도 하지 않았다. 레온은 안락의자에 앉아서 조금 쉬기로 마음먹었다. 지난 며칠 동안 한숨도 자지 못한 상태라 몹시 피곤했다.

올해 열여덟 번째 생일을 맞은 레온은 얼마 안 남은 자신의 삶을 잘 사용할 계획이었다. 아무렇게 살다가 바이러스에게 자신의 목숨을 내어 주고 싶지 않았다. 그래서 잠도 거의 자지 않고, 모험을 찾아다니며 주어진 시간을 최대로 활용하는 데 애썼다. 침묵이 오기 전, 레온은 공부와 운동에 뛰어난 학생이었지만 모든 일에 심드렁했다. 혼란이 바르셀로나를 뒤덮었을 때 드디어 자기 삶을 멋지게 바꿀 기회가 왔다는 생각이 들었다. 레온은 도시를 유랑하며 무법자들의 식량을 훔쳤다. 보란듯이 식료품을 빼돌린 후 그들을 조롱하고 싶은 유혹이 있었지만 레온이 즐기는 것은 훔치는 것까지였다.

레온은 죽음의 왕과 맞서기도 했다. 혼란의 시대가 되자마자 죽음의 왕이 저녁마다 연설을 했다. 레온은 죽음의 왕이 '나는 죽음의 왕이다'라며 소리를 지르는 순간을 기다렸다가 말을 끊고 나서 거리가 쩌렁쩌렁 울리게 외쳤다.

"생존자들이여, 모두 잘 들어라! 내 이름은 레온이다. 난 너희를 즐겁게 해 주기 위해서 왔다."

무법자들은 레온의 소리를 따라 두리번거렸다. 집 안에 꽁꽁 숨어 있던 몇몇 아이들도 창문 밖으로 몸을 빼꼼 내밀고 레온이 어디 있는지 찾았다.

"오늘 저 건방진 애송이에게 식량 한 포대를 훔쳤고, 이걸 생존자에게 나눠 줄 것이다."

그 말이 끝나기가 무섭게 레온은 빨간 페인트가 든 총을 발사했다. 그것은 곧장 죽음의 왕 얼굴을 강타했다.

숨어 있던 아이들의 웃음소리가 그렇게 오랫동안 들린 건 혼란의 시대가 온 이후 처음이었다. 누구도 공개적으로 박수를 보내지는 못했지만 잠시 안도의 숨을 내쉴 수 있었다. 레온의 돌발 행동은 그날 멈출 수밖에 없었다. 레온에게 굴욕을 당한 죽음의 왕이 위엄을 되찾고 권위를 회복하기 위해 건물 세 채를 한꺼번에 불질렀기 때문이다.

이후 레온은 그 동네에 나타나지 않았다. 아스트레아와 네스토르를 만난 날 밤까지 레온은 몇 주에 걸쳐 다른 도시를 여행하고, 수많은 생존자들을 만났다. 레스 코르츠*로 다시 돌아온 날, 레온은 죽음의 왕이 가진 물통을 차지해야겠다고 마음먹었다. 어둠을 틈타 죽음의 왕 트럭까지 접근한 레온은 그들이 자는 동

---

* Les Corts, 10개의 행정 구역으로 분리된 바르셀로나의 자치구 중 하나.

안 큰 물통 두 개를 꺼냈다. 하지만 다른 물통들을 그대로 두려니 몸이 근질거렸다. 자리를 뜨기 전에 나머지 물통에 든 물을 다 쏟아 버렸다. 그 사이 무법자 중 하나가 눈을 떴고, 상황을 확인하고는 큰일이 났다며 소리를 질렀다. 레온은 뒤쫓아 온 무법자들을 피해 도망쳤다. 그러다 아스트레아와 네스토르가 숨어 있는 그 건물로 본의 아니게 무법자들을 끌고 와 버린 것이었다.

레온은 잠깐이라도 눈을 붙이려고 했지만 아스트레아의 말이 머릿속에서 지워지지 않았다.

'너처럼 이기적인 인간은 다른 사람을 도와야 하는 이유를 이해하지 못할 수도 있겠다.'

한 번도 그런 생각을 해 본 적이 없었다. 그때까지 항상 자신만을 생각했는데 아스트레아의 말을 듣고 보니 이제는 다른 사람을 위해 무언가를 해야 겠다는 생각이 들었다. 생각해 보면 임신부를 돕는 건 무법자의 식량을 빼앗는 것에 비해 어려운 일도 아니었다. 운이 좋으면 좋은 일이 생길지도 모른다. 예를 들어 그 소녀에게 입맞춤을 받는 것 같은.

5

임신부의 아파트는 미친 사람이
숨어 사는 굴 같았다. 현관문을 부수고 들어간 세 사람의 눈에 들
어온 것은 더러운 방과 집 안 곳곳에 스며든 절망과 고통이었다.

가구는 주방 한구석으로 몰아져 있었고, 세상의 멸망을 의미
하는 듯한 그림이 집 안에 곳곳에 그려져 있었다. 거실 벽에는
온 도시에 불을 뿜는 거대한 악마가 그려져 있었는데, 그 도시는
바르셀로나였다. 악마가 바르셀로나의 건물들을 짓밟고, 사람들
은 화염에 휩싸인 거리를 뛰어다니는 그림이었다. 그림의 오른
쪽 구석에는 대학살의 생존자들로 보이는 한 여자와 두 남자가
산을 향해 도망치고 있었다. 그리고 그녀의 양팔에는 담요에 싸
인 아기가 안겨 있었다.

부엌 벽에는 붕괴된 바르셀로나에 온 천사 그림이 그려져 있었다. 폐허가 된 건물과 널부러진 시체에 빛이 쏟아지고 있었다. 악마가 세상에서 떠나고 천상의 존재가 도시에 내려왔음을 보여주고 있었다. 그림 속 천사는 한 손에 빛나는 칼을 들고, 다른 한 손은 도시를 가리키고 있었다. 그곳에는 두 명의 여자가 희미하게 보였는데, 한 여자는 서 있고 다른 여자는 누워 있었다. 여자들은 천사의 보호를 받는 아기를 바라보고 있었다. 천사의 머리 위로 비치는 후광을 따라 이런 문구가 쓰여 있었다.

번개가 동편에서 나서 서편까지 번쩍임 같이 인자의 임함도 그러하리라.

"마태복음 24장 27절이네."

네스토르가 말했다.

"뭐?"

"번개와 인자."

네스토르가 하늘의 영의 왕관을 쳐다보며 힘을 주어 말했다.

"성경의 마태복음에 나온 말이라고. 24장 27절에 나와."

"그래서 그게 뭔데?"

레온이 물었다.

"예언이야. 메시아가 도래할 것이라는 예언."

세 사람은 그림을 보며 누군가 성경에 나온 구절을 벽에 그리는 광기 어린 장면을 상상해 보았다.

그림을 한참 쳐다보던 레온이 입을 뗐다.

"메시아가 우리를 구하러 온다면 우리에게 나쁠 게 없잖아."

이 말이 끝나자마자 아기의 울음소리가 들렸다. 세 사람은 곧장 침실로 들어가 손전등을 비추었다. 그곳에는 소녀의 시체가 있었고, 소녀의 가슴 위에서 아기가 울고 있었다.

아이를 낳는 동안 큰 고통에 시달렸는지 소녀의 몸은 비틀어져 있었다. 하지만 얼굴에는 행복한 미소를 띠고 있었다. 죽기 전 아들의 울음소리를 들은 것 같았다. 피가 묻은 침대의 시트는 아직 눅눅했다. 아기가 태어난 지 얼마 안 된 것 같았다. 방구석에 빈 통조림 캔이 쌓여 있었다. 소녀는 출산 전까지 네스토르가 가져다 준 음식을 먹으며 아기를 지키고 있었던 것이다. 어쩌면 네스토르가 소녀와 아기를 지킨 것인지도 모른다.

아스트레아는 두려움을 가까스로 누르며 침실로 들어가 아기를 안았다. 우는 아기를 거실로 옮기며 달랬지만 아기의 울음은 멈추지 않았고, 보다 못한 네스토르가 자신의 집으로 음식을 가지러 갔다.

아스트레아가 수건으로 아기의 얼굴을 닦자 분홍빛 볼이 드러났다. 레온이 아스트레아에게 다가와서 아기의 팔을 잡으며 말했다.

"나한테 줘 봐."

레온의 눈빛이 어두워졌다.

"왜 아기를 달라는 거야?"

"그냥 달라고."

"싫어, 이유를 말할 때까지 그럴 수 없어."

레온은 아스트레아에게서 거칠게 아기를 가로챈 다음 부엌으로 향했다. 아스트레아가 들어오지 못하도록 부엌 문을 닫고 의자로 막았다.

아스트레아는 문을 두드리며 소리를 질렀다. 부엌에서 무슨 일이 벌어지고 있는지 알 수는 없는 데다 레온의 그늘진 눈빛이 떠올라 몸이 벌벌 떨렸다. 네스토르에게 도움을 청하려고 아스트레아가 막 나가려고 했을 때 아기의 울음이 그쳤다. 뭔가 안 좋은 일이 벌어진 것 같은 예감이 들었다. 아스트레아는 부엌 문을 부술 기세로 발로 찼다. 몇 번의 시도 끝에 부엌문이 열렸다.

레온은 들이닥친 아스트레아를 아랑곳하지 않고 아기의 입에 행주를 넣고 손가락으로 아기의 코를 막고 있었다. 아스트레아는 다른 생각을 할 겨를이 없었다. 눈앞에 보이는 부엌 칼을 빼들고 레온의 팔에 내리꽂았다.

레온은 자신의 팔에 난 상처를 보고 뒤로 물러섰다. 아스트레아는 아기를 빼앗아 입에서 행주를 빼내 레온에게 던졌다. 아기는 눈을 감은 채 숨을 쉬지 않고 있었다. 작은 몸이 축 늘어져 있었다. 아스트레아가 긴박하게 아기의 가슴을 두드리자 아기는 곧바로 울음을 터뜨렸다.

"너 미쳤구나!"

"그 아기는 제 엄마 품에 내버려둬야 했어."

레온이 행주로 상처를 누르며 대답했다.

"어떻게 그런 말을 할 수 있어?"

"아기와 함께 다니면 우리는 절대 살아남을 수 없어."

"아니, 우리는 꼭 살아남을 거야."

"그러지 못해. 아기는 짐만 될 뿐이야."

"그렇다고 아기를 죽이는 게 해결책이라고 생각해?"

"응."

아스트레아는 더 이상 레온의 말을 듣고 있을 수가 없었다.

"거리를 오래 떠돌았다더니 너도 무법자가 되었구나."

아스트레아가 악담을 퍼부었다.

"그게 아기를 위해서 가장 좋은 방법이야."

"너에게 좋은 거 아니고?"

"우리 모두에게 최선이야. 죽음의 왕이 아기 울음소리를 듣고 우리를 쫓아오면 넌 그놈이 아기에게 무슨 짓을 할지 알기나 해?"

아스트레아는 답을 알고 있었지만 입밖으로 내뱉고 싶지 않았다. 이런 대화를 주고받으며 시간을 낭비하느니 차라리 이 자리를 피하는 게 낫다고 생각했다.

"넌 아기에게 이런 세상에 살도록 강요할 자격이 없어. 살아남지 못할 거야. 이 아기도, 너도. 넌 아기에게 제대로 된 음식을 먹이지 못하고, 위험으로부터 보호해 줄 수 없어. 끝까지 함께할 수 없을 거라고."

"이 아기는 상징이야. 아기의 탄생은 우리 모두에게 희망을 줘. 이 아기는 과거에 얽매어 있지 않으니까 우리보다 현재에 더 잘 대처할 거야. 도움이 될 거라고……."

"넌 지금 이 아기에게 비참한 삶을 살라고 강요하는 거야!"

"그렇지 않아. 과거를 모르면 현실을, 이 아기에게 유일하게 존재하는 이 현실을 잘 헤쳐나갈 거야. 우리는 기억에 영향을 받는 존재잖아. 침묵이 오기 전에 살았던 삶을 기억하고, 부모의 사랑도 기억해. 사회가 우리에게 주었던 위로도 기억하고. 하지만 이 아기는 기억할 과거가 없어. 우리처럼 잃어버린 것에 대한 고통이 없을 거야."

"잔인한 현실에서 살게 되겠지."

"어쩌면 우리에게 새로운 윤리를 가르쳐 줄지도 몰라."

"스물두 살이 되면 죽을 텐데? 한창 청춘의 꽃을 피워야 할 때 죽음을 맞이할 거라고. 그건 아기에게 공평하지 않아."

레온이 소리치듯 내뱉었다.

"아기가 받아들여야 할 일이지. 침묵이 오기 전에는 평균 수명이 여든이었어. 이제는 스물둘이고. 다른 점이 뭘까?"

"시간. 시간이 달라."

아스트레아는 아기를 쳐다보고 레온에게 이렇게 덧붙였다.

"어쩌면 이 아기는 바이러스에 대한 면역을 가지고 있을지도 몰라."

"바보 같은 소리 좀 하지 마."

"왜? 이미 바이러스가 퍼졌을 때 태어났기 때문에 면역이 있을 수도 있어. 항체를 만들 시간이 있었을 수도 있다고. 그건 아무도 모를 일이야."

"그렇더라도 몇 년 동안 아기가 클 때까지 보살펴 줄 사람이 필요해. 그런데 너는 몇년 안에 죽게 될 테지. 그때부터는 누가 이 아기를 돌볼 건데?"

"아기를 돌봐 줄 다른 생존자를 찾아야지."

"절대 못 찾아."

"아니, 찾을 수 있어. 이 세상 어딘가에는 무법자들에 대항하기 위해 모인 소년, 소녀들이 있을 거야. 우리는 그들과 함께 새로운 사회를 만들면 돼. 찾지 못한다면 우리가 공동체를 만들면 되고. 뜻을 함께할 생존자들을 모으면 언젠가 무법자들과 맞설 수 있을 거야."

"미쳤군."

"아니, 이제 그런 때가 온 거야. 아이를 낳은 어머니들은 아이가 어릴 때 죽고, 낳아 준 어머니를 대신하여 키워 줄 어머니들이 생기겠지. 그들은 아이들이 홀로서기를 할 수 있게 돌봐 줄 거고. 레온, 이것은 사고방식의 변화일 뿐이야. 한 명의 아이를 위해 여러 명의 어머니가 존재하는 거지. 인류는 전과 같이 계속 존재하지만 다른 방식으로 살아가는 거야."

아스트레아는 아기를 가슴에 꼭 안았다. 아기 입에 손가락을 대자 젖꼭지인 양 물었다.

"우리는 얘를 데리고 갈 거야."

"어디로 가는데?"

레온이 물었다.

"이 도시를 떠나 정착할 곳을 찾을 거야."

"넌 정말 미쳤어!"

"다른 방법이 없어."

"음, 그렇다면 난 너희랑 같이 안 갈 거야."

"알아. 넌 이기적이고 다른 사람들을 위해서는 아무것도 하지 않는 사람이니까."

'이기적'이란 말이 레온의 마음에 날카롭게 꽂혔다. 그래서 마음이 약해졌던 걸까?

"장소가 하나 있긴 한데……."

그 순간, 네스토르가 현관문을 두드리지 않았더라면 레온은 그곳이 어디인지 털어놓았을 것이다.

"나야, 먹을 걸 챙겨 왔어."

아스트레아는 문을 열어 주기 전에 레온을 밀치며 경고했다.

"네가 아기를 죽이려 했다는 걸 네스토르는 몰랐으면 좋겠어. 저 애까지 네가 어떤 사람인지 알 필요는 없으니까."

아스트레아는 문을 열었다. 집 안으로 들어선 네스토르는 자신이 자리를 비운 사이 일이 벌어졌단 걸 본능적으로 느꼈다. 아스트레아는 무엇을 가지고 왔냐고 물었다.

"분유가 몇 통 남아 있었어. 당분간은 그걸로 버틸 수 있을 거야."

아스트레아가 분유통을 받아들고 부엌으로 향했다.

"애를 뭐라고 부르지?"

네스토르가 아스트레아의 뒤를 따라가며 물었다.

아스트레아는 아기를 내려다보며 슬프게 속삭였다.

"애 엄마가 뭐라고 부르고 싶어 했는지 몰라서……."

"그러니까 우리가 이름을 지어 줘야지. 뭐 떠오르는 거 있어?"

"로보*라고 부르자."

레온은 마태복음 구절과 천사 그림을 쳐다보며 제안했다.

"그건 사람 이름이 아니잖아."

아스트레아는 그 이름에 반대했다.

"난 로보가 맘에 드는데. 뭔가 압도적인 이름이잖아. 이 아기가 살아남기 위해서는 그런 힘이 필요하니까."

아스트레아가 덧붙였다.

"이건 절대 잊지 마, 레온."

"뭔데?"

"그 이름을 지은 사람이 바로 너라는 거."

---

* LOBO, 스페인어로는 '늑대(이리)'라는 뜻이다. 로보는 《시튼 동물기》에 등장하는 실제로 존재했던 이리 무리의 왕의 이름이기도 하다.

6

레온과 네스토르는 차 뒤에 숨
어 웅크렸다. 도로를 가로질러 뛰어가 맞은편으로 가야 했다. 하
지만 곳곳에 있는 죽음의 왕 경비대 눈에 띄지 않고 나아가는 건
불가능했다.

아스트레아는 두 사람이 인도하는 대로 로보를 안고 움직일
때를 기다렸다. 두 사람이 먼저 경로를 정하고 경비대의 눈을 피
할 수 있는지 확인하면 아스트레아가 나아갔다. 두 사람이 안전
하다고 확인해 준 다음에 움직였다.

전날 밤 세 사람은 머리를 맞대고 탈출 계획을 세웠다. 레온은
안전한 곳이 어디인지 알고 있었다. 지난 몇 달 동안 각 구역의
우두머리를 관찰하고 바르셀로나를 돌아다니며 알게 되었다.

네스토르가 부엌에서 배낭을 꾸리는 동안 아스트레아는 레온에게 다가갔다. 그리고 피난처가 될 만한 곳이 있다고 말한 게 무슨 의미인지 물었다.

"네가 그 말을 끝까지 하지는 않았지만 방법을 아는 것 같아. 그렇지?"

아스트레아가 레온을 빤히 바라보며 말했다. 레온은 한숨을 쉬며 천장을 쳐다보았다.

"우리가 거기에서 살 수는 없어. 그리고 거기에 가려면 네댓 동네를 지나야 해서 위험할 수도 있어."

"거기가 어딘데?"

"너한테 말해 줄 수는 없어."

"왜? 로보가 사느냐 죽느냐의 문제인데, 그보다 더 중요한 이유가 뭔데?"

"다른 목숨들."

"다른 목숨이라고?"

"내가 말하는 곳은 자유롭게 살기 원하는 생존자들이 모여 있는 성이야."

"성? 바르셀로나에는 성이 딱 하나뿐이잖아. 몬주익*에 있

---

* Sants-Montjuïc, 바르셀로나 남서부에 있는 해발 213m의 언덕으로 바르셀로나 시내를 한눈에 볼 수 있는 곳.

는거."

"아니, 거기 말고."

"그럼 없는데……."

"있어. 있고말고. 그 구역 사람들만 아는 곳인데, 만일 바르셀로나의 다른 지역에 사는 무법자들이 그곳을 알게 된다면 그 구역의 우두머리와 결탁해서 성을 차지할 지도 몰라. 희망의 장소를 싫어할 테니까."

"그러니까 거기가 어딘지 말해 줘."

"말할 수는 없어. 만일 죽음의 왕이 너를 붙잡으면 그곳이 있다는 사실이 밝혀질 거니까."

"그렇다면 우리를 데려다 줘. 그 장소가 새로운 공동체의 시작이라면 우리는 그곳에 있어야 해."

"네가 가면 그곳의 생존자들과 무법자들 사이의 전쟁이 시작될 수도 있어. 그러면 많은 사람이 죽게 될 거야. 그런 일은 피해야 해."

"그렇다면 우리는 자유를 위해 싸울 거야."

"아니, 네 뜻대로 되진 않아. 그 성에 있는 사람들은 무법자들의 공격에 맞서기엔 그 수가 턱없이 부족해."

아스트레아가 레온을 쳐다보았다. 레온의 얼굴에는 지금까지 단 한 번도 보지 못했던 불안이 서려 있었다.

"우릴 거기로 데려다 줘."

아스트레아가 계속 졸랐다.

"안 돼."

"로보를 위해서 제발 그렇게 해 줘."

로보는 자고 있었다. 때때로 경련을 일으켰는데, 그때마다 작은 얼굴이 마치 주름진 천처럼 쪼그라들었다. 레온은 로보를 빤히 쳐다보았다. 로보의 얼굴을 보고 있자니 그 성으로 가는 것이 로보에게 주어진 마지막 기회라는 생각이 들었다.

"알겠어. 너희를 데려갈게. 하지만 데려다만 주고 난 다시 떠날 거야. 나는 어디에도 갇혀 살고 싶지 않아."

네스토르가 부엌에서 나오자 두 사람은 네스토르에게 탈출 계획을 설명했다. 하지만 성에 대한 이야기는 하지 않았다. 네스토르를 불안하게 만들고 싶지 않았기 때문이다. 네스토르는 여행의 최종 목적지는 묻지 않았다. 아스트레아가 알아서 잘 이끌어 줄 거라는 믿음이 있었다. 그럼에도 아파트를 떠나는 것이 가장 좋은 선택인지 여전히 잘 모르겠다고 덧붙였다.

"꼬맹이, 그 정도면 충분히 숨어 있었어."

레온이 네스토르의 어깨에 손을 올리며 말했다.

"이제는 세상과 맞서야 해. 움직이지 않으면 죽게 될 거야. 가만히 있으면 죽는 거라고."

"그래도 겁이 나."

"나도 늘 두려워. 그래서 움직이지. 겁쟁이처럼 웅크리고 있다가 싸워 보지도 못하고 죽는 게 더 무섭거든."

소파에 앉아 고개를 푹 숙인 네스토르가 울고 있었다. 무법자들에게 붙잡힐 수도 있다고 생각하니 힘이 빠져 꼼짝할 수가 없었다. 네스토르는 생존자들이 무법자들에게 잡혀가는 걸 직접 목격했다. 절대 그들처럼 되고 싶지 않았다.

네스토르는 로보를 두고 가는 걸 제안하고 싶었다. 아기가 없어야 살아남을 가능성이 더 크다. 하지만 아스트레아는 네스토르가 말을 꺼내기도 전에 로보를 안아 무릎 위에 올렸다.

"로보에게는 아빠가 필요해."

아스트레아가 속삭였다.

"레온이 용감하니까 좋은 아버지가 될 거야. 나는 아니거든."

"아기에게 필요한 건 용감한 아버지가 아니야."

아스트레아는 레온이 들으란 듯이 말했다.

"세상에 대해 알려 줄 수 있는 지혜로운 아버지야."

그 말을 듣고 레온은 화가 치밀었지만 아스트레아의 말을 끊지는 않았다. 따지고 보면 그 말에도 일리가 있기 때문이다. 레온은 로보를 돌볼 생각이 조금도 없었다. 얼마 안 남은 여생을 모험가로 살고 싶었다. 아기의 뒤치다꺼리나 하며 보낼 수는 없었다. 반면 네스토르는 온화하고 친절하며 한곳에 오래 머물며 아기를 지켜 줄 수 있는 사람이었다.

"아빠가 되고 싶어?"

아스트레아가 네스토르에게 물었다.

네스토르는 손가락으로 로보의 배를 간질였다. 로보가 팔을 움직이며 까르르 웃었다.

"그럴 수 있다면 영광이지."

네스토르가 대답했다.

그로부터 몇 시간 뒤, 어둠이 도시를 덮고 하늘에 별들이 반짝일 때 세 사람은 차 뒤에 몸을 숨기고 있었다. 죽음의 왕 경비대가 고개를 두리번거리며 거리를 지나갔다.

네스트로와 아스트레아는 처음 가 보는 여러 구역의 길을 내달렸다. 죽음의 왕이 있는 본부에서 멀어졌을 즈음, 로보가 울기 시작했다. 로보의 울음소리는 건물들 사이로 크게 울려 퍼졌다.

무법자 다섯 명이 세 사람을 둘러싸는 데는 일 분도 채 걸리지 않았다. 그들은 먹잇감을 발견한 사나운 동물처럼 검은 이를 드러냈다. 손에는 무기를 들고 있었다. 그들이 공격을 시작하기 전에 레온이 먼저 달려들었다. 재빨리 두 개의 칼을 뽑아 들고 두 명을 제거했다. 나머지는 레온을 보고 그대로 얼어붙었다.

건물 높은 곳에 있던 한 무법자가 이를 내려다보고 경보를 울렸다. 곧 더 많은 무법자들이 움직이기 시작했다.

"도망가자!"

레온이 외쳤다.

젖 먹던 힘을 다해 달렸지만 무법자들과의 거리는 점점 더 가까워졌다. 세 사람은 근처에 보이는 건물 안으로 들어가 계단을 뛰어 올라갔다. 이윽고 옥상에 다다랐다. 건물과 건물 사이가 너무 멀어서 옆 건물로 뛸 수는 없을 것 같았다. 그때 네스트로가 옥상 한쪽 구석에서 다리가 될 만한 긴 판자를 발견했다. 세 사람은 건물과 옆 건물의 옥상 난간에 판자를 걸쳤다. 네스토르와 아스트레아가 판자를 다리 삼아 맞은편으로 건너가고 레온의 차례가 됐을 때 무법자들이 옥상에 도착했다.

그들은 레온을 빙 둘러쌌다. 누군가를 기다리는 눈치였다. 마침내 죽음의 왕이 나타났다. 그는 평소대로 개의 두개골을 뒤집어쓰고 야구 방망이를 들고 문신한 가슴을 드러내며 나타났다. 전과 다른 점이 하나 있었다면 이번에 활짝 웃고 있었다.

레온은 조금씩 뒤로 물러서면서 판자 쪽으로 다가갔다. 그러나 한 무법자가 판자를 걷어차서 땅으로 떨어뜨렸다.

"지금 우리가 누굴 보고 있는 거지?"

죽음의 왕이 비아냥거렸다.

"식량 도둑과 도시의 영웅이군. 게다가 선물을 가져왔네."

죽음의 왕이 건너편 옥상에 있는 네스토르와 아스트레아를 쳐다보며 말을 덧붙였다.

"너희와 전혀 닮지 않은 아기까지."

그러고는 야구 방망이를 땅에 내려놓고 춤을 추듯이 그 주위를 돌았다.

"거래를 하나 제안하지. 저 아기를 넘겨주면 너희 셋은 살려주겠어."

레온은 죽음의 왕을 이상하게 쳐다보았다.

"왜 아기를 원하는 거지?"

"그건 네 알 바 아니야."

아스트레아와 네스토르는 건너편 건물 옥상에서 이 장면을 지켜보고 있었다. 레온을 버리고 갈 수 없었다.

"꿈도 꾸지 마."

레온이 대답했다.

"오! 나를 이렇게 실망시키다니. 우리 사이에 좀 더 예의를 지켜 주길 바랐는데. 어떻게 보면 우린 친구니까."

"친구? 나는 너 같은 것과 친구한 적이 없는데."

"너 같은 것? 무슨 말을 하는 건지 모르겠군. 내 생각에 우리 둘은 거의 쌍둥이 같은데? 둘 다 자유롭게 살고 있고, 원하는 대로 행동하고, 남은 인생을 열심히 살아가고 있잖아."

"하지만 나는 너랑 달라."

"아, 그래? 뭐가 다르지?"

"나는 혼란의 시대에서 살아남기 위해 애쓰지만 너는 이 혼란을 즐기고 있어. 나는 생존자고, 넌 없어져야 할 괴물이지."

"아, 레온. 네가 나보다 더 똑똑하다고 생각했는데. 내가 너에게 앙심을 품지 않았다는 것을 증명하기 위해서라도 다시 한 번 제안할게. 아기를 넘겨주면 그냥 가게 해 주고, 우리 사이의 싸움도 깔끔하게 잊어 주지. 앞으로도 넌 원숭이처럼 도시를 계속 뛰어다닐 수 있는 거라고. 네 행동이 내 눈에 거슬리지만 않는다면 계속 이곳을 네 맘대로 다니게 해 줄게. 현명하게 생각해, 레온. 이건 아주 괜찮은 거래니까."

레온은 뒤돌아서 아스트레아와 네스토르를 쳐다봤다. 두 사람은 레온이 윙크하는 걸 보고는 자신들을 배신하지 않으리라고 확신했다.

"너의 제안에 내 대답은 딱 하나야. 과연 끝까지 살고 싶은 사람이 누굴까?"

죽음의 왕은 얼굴에서 미소를 싹 지우고 팔을 들어 경고했다.

"내가 손가락 하나만 까딱하면 내 부하들이 널 뭉개 버릴 거야. 네 친구들도 함께. 이제 마지막 기회를 주지. 나에게 아기를 넘기든지, 우리 손에 죽든지."

그 순간 레온은 허리에 차고 있던 칼 하나를 재빨리 꺼내 명령하려고 치켜든 그의 손가락을 향해 던졌다. 즉각 외마디 비명 소리가 들려왔다. 죽음의 왕은 믿을 수 없다는 듯 손가락이 잘려 나간 손을 쳐다보았다. 피가 철철 쏟아졌고, 그는 고통스러워했다.

"죽여!"

무법자들에게 명령을 내린 죽음의 왕은 손을 꼭 끌어안으며 무릎을 꿇었다.

그 틈을 타 레온은 난간을 향해 달리며 힘찬 도약으로 아스트레아와 네스토르가 기다리는 건물로 넘어갔다. 레온은 건너편 건물에 서서 두 손을 허리춤에 대고 죽음의 왕을 향해 으스댔다.

"이제 새 장갑이 필요하겠는걸!"

제2부

7

세 사람은 나란히 걸었다. 레온이 맨 앞에 서고, 아스트레아, 네스토르 순이었다. 전보다 더 주위를 경계하며 움직였다.

"너희 동네는 여기서 끝나."

레온이 길을 건너기 전에 뒤를 돌아보며 말했다.

"이제 죽음의 왕에 대한 걱정은 안 해도 되는 거야?"

"우리가 한 일을 그는 절대 잊을 수 없을 거야. 세상 끝까지라도 우릴 쫓아올 테지. 마음만 먹으면 다른 우두머리가 다스리는 영역까지 들어올걸. 무슨 일이 있어도 우리에게 복수하려고 할 거야."

세 사람은 새로운 구역으로 들어가는 길 입구에 서 있었다. 네스토르는 지금까지 살던 동네를 돌아보았다. 그곳에서 친구들과 함께 웃고, 부모님과 행복하게 지냈다. 저 멀리 캄 노우 축구장이 보이자 레스 코르츠와 이별하는 게 실감 났다. 일요일 오후에는 축구장에서 아버지와 함께 경기를 보며 샌드위치를 먹었다. 늘 같은 자리에 앉는 네스토르와 아버지 옆에는 한 소년이 앉았는데 나중에는 그 애와 친구가 되었다. 함께 응원하는 팀이 골을 넣을 때마다 환호하며 부둥켜안았다. 축구 선수 카드를 서로 교환하고, 사 온 음식을 나누어 먹었다. 네스토르는 그 아이의 안부가 궁금했지만 이제 알 길이 없었다.

네스토르가 지난날을 회상하느라 뒤처져 있는 걸 발견한 건 아스트레아였다. 아스트레아는 돌아가서 네스토르 옆에 나란히 섰다.

"이제 우리는 미래에 집중해야 해."

네스토르가 고개를 끄덕이며 돌아서서 건널목을 건넜다. 세 사람은 산츠 구역의 기차역에 다다랐다. 창문 틈으로 역사 안을 살펴보았다.

"아무도 없는 것 같은데."

레온이 말했다.

"안전해 보여?"

"안에 우리가 숨을 만한 장소가 많아. 잘 만한 곳도 있을 것 같아."

아스트레아와 네스토르는 레온의 지시에 따라 기차역 안으로
들어갔다. 그곳의 상점들은 이미 약탈당해 텅 비어 있었다. 쥐들
이 승객처럼 플랫폼으로 향하는 계단을 오르내리고 있었다. 새
들은 지붕 구멍들을 통해 안으로 들어와 둥지를 틀고 바닥에 떨
어진 음식 부스러기를 쪼아 먹고 있었다.

세 사람은 쇠창살이 세워진 옷 가게 안에 자리를 잡았다. 가게
는 이미 털렸지만, 스웨터와 바지 몇 벌이 남아 있었다. 아스트
레아는 탈의실에서 옷을 갈아입고, 아기를 씻기기 위해 화장실
로 갔다. 네스토르는 음식을 준비했고, 레온은 주변을 둘러보러
상점 밖으로 나섰다. 상점에서 얼마 떨어지지 않은 곳에 누군가
가 서 있었다. 레온은 잘못 봤다고 생각했다. 하지만 실제로 누
군가가 자신을 쳐다보고 있다는 걸 확인하고는 곧장 가게 안으
로 몸을 피했다.

"무슨 일이야?"

막 가게 안으로 들어오던 아스트레아는 레온의 창백한 얼굴을
보고 놀라서 물었다.

"저기 누가 있어."

셋은 문 밖을 힐끔 쳐다보았다. 낯선 사람은 여전히 같은 곳에
서 있었다. 그 사람은 셋이 자신을 쳐다본다는 것을 알고도 꼼짝

하지 않고 그 자리에 있었다.

"어떻게 하지?"

아스트레아가 물었다.

"기다려 보자. 뭘 하려는지 궁금해."

레온이 대답했다.

그 사람은 밤새도록 같은 곳에 있었다. 심지어 한 번 앉지도 않고 그대로 서 있었다. 레온과 네스토르, 아스트레아는 로보가 자는 동안 교대로 그 사람을 감시했다.

동틀 무렵 옅은 빛이 창문을 통해 들어오자 낯선 사람의 정체는 검은 가운을 입고 있고, 모자로 두 눈을 가린 어린 소년이라는 것이 드러났다. 레온은 상점 문을 열고 나갔다.

"너 누구야?"

레온이 더 이상 참지 못하고 먼저 물었다.

그제야 소년이 고개를 들어 백색증*을 띤 얼굴을 보여 주었다.

"너 누구야? 여기서 뭐하는 거냐고? 도대체 우리에게 뭘 원하는 거야?"

소년은 한 걸음 다가왔고, 레온은 재빨리 칼을 꺼내 들었다.

"움직이지 마!"

---

* 태어나면서부터 멜라닌 색소가 모자라 피부와 눈동자, 털이 하얀 유전적 증상

레온의 경고에도 소년은 점점 더 가까이 다가왔다. 그러고는 레온을 지나쳐서 상점 안으로 들어가려고 했다. 로보를 찾는 게 분명했다.

레온이 소년을 막아서며 칼을 들고 위협했다. 그러자 소년은 시선을 돌려서 레온의 두 눈을 뚫어지게 쳐다보았다.

"너희 중 한 명은 여행 중에 죽게 될 거야."

소년의 입에서 예상치 못한 말이 나왔다.

소년의 말을 들은 세 명은 온몸에 소름이 끼쳤다.

"뭐라고! 또 지껄여 봐, 멱을 따 버릴 테니."

화가 난 레온이 바로 받아쳤다.

백색증 소년은 무심한 표정으로 레온을 바라보다가 갑자기 목을 움직여서 레온이 들이댄 칼에 스스로 상처를 나게 했다.

"용감한 레온, 날 두려워하지 마."

소년은 상처 따위는 아무것도 아니라는 듯 중얼거렸다.

"나는 예언자야. 과거와 미래를 볼 수 있지. 너희를 도와주러 왔어. 나는 네가 지난 몇 달 동안 견뎌야 했던 고통을 알아. 네가 견뎌 내며 지나온 모든 일은 보상받아야 할 일이라고 말해 주려고 온 거야. 맹세해."

레온은 소년의 말에 전율을 느꼈다. 지난 몇 달간 황폐한 도시를 다니면서 얼마나 많은 공격을 받았는지 그 누구에게도 말한

적 없었다. 그런데 다른 사람의 입에서 그 이야기를 듣게 되자 마음속에서 무언가가 터져 버렸다. 레온은 자신을 영웅으로 여기는 사람들을 실망시키지 않으려고 노력했다. 하지만 무법자들의 잔인함, 아이들의 공포, 생존자들의 절망 등을 목격하며 쌓였던 감정을 참을 수가 없었다. 그 모든 감정이 폭발하자 힘이 쭉 빠지는 것만 같았다. 손에 들고 있던 칼이 너무 무겁게 느껴져서 떨어뜨리고 말았다. 그리고 바닥에 주저앉아 주체할 수 없는 울음을 터뜨렸다.

소년이 무릎을 꿇고 레온에게 말했다.

"좌절하면 안 돼, 레온. 아기는 네가 필요하니까."

"너 도대체 누구야?"

소년은 일어서서 세 사람을 둘러보며 대답했다.

"나는 예언자야."

"우리에게 원하는 게 뭐지?"

"너희에게 바라는 건 아무것도 없어. 너희가 전달자라는 걸 말해 주려고 왔어. 너희는 빛을 들고 여기까지 왔어. 그걸 계속 밝히는 건 너희 손에 달렸지."

네스토르는 소년의 말이 수수께끼처럼 들렸다. 한편 소년이 한 말이 마음에 걸렸다.

"아까 우리 중 한 사람이 죽을 거라고 말했잖아. 그게 누구지?"

네스토르는 호기심이 가득한 눈으로 바라보며 말했다.

"중요한 것은 누가 죽을지가 아니라 누가 살게 될지를 아는 거야."

"그러니까 알려 줘. 누가 살게 되는 거지?"

"살아야 할 사람은 살 거야. 가장 신중한 너, 네스토르는 앞으로 변화를 받아들여야 할 때가 올 거야. 그래야만 지금의 네스토르가 아닌 성숙한 존재가 될 수 있을 테니까."

"그래서 죽을 사람이 나라는 거야?"

"모든 변화는 죽음을 의미하지."

소년은 아스트레아에게 다가가 로보의 머리에 손을 얹었다.

"아름다운 아스트레아, 이 아기의 미래는 네 손에 달렸어. 넌 여자가 되기 전에 어머니가 되어야 하지. 널 돌봐 줄 사람은 없지만 넌 누군가를 돌보는 사람이 돼야 해."

"그럼 로보도 위험에 처한 거야?"

아스트레아가 물었다.

"너는 아기의 행복을 우선으로 생각하지. 그래서 네게 아기를 보호하는 일을 맡긴 거야. 빛이 없이도 너는 빛나지."

말을 마친 소년은 그 자리에 서서 머리를 푹 숙였다. 마치 몸에서 영혼이 빠져나간 사람처럼 축 늘어져 있었다. 그의 말을 믿을 수 없었던 레온은 크게 화를 냈다.

"우리 앞에 나타나서 이런 말을 지껄이면 우리가 겁먹을 거라고 착각하는 모양이지? 이 혼란 속에서 네가 미치광이가 된 사람이라는 걸 우리가 모를 거라고 생각해? 만일 너를 죽이면 내가 후회할까?"

레온의 말에 소년은 아무런 대꾸를 하지 않았다. 마치 동면에 든 것처럼 미동이 없었다. 세 사람은 소년이 꿈에서 깨기를 한참 기다렸지만 결국은 그러지 않을 거라는 걸 깨달았다.

배낭을 짊어지고 다시 길을 나섰다. 셋 중 한 명이 죽을 거라고 예언했던 소년을 산츠 역 상점 앞에 그대로 남긴 채.

8

레온과 달리 아스트레아와 네스
토르는 호안 미로 공원을 통과해 지나가길 원했다. 공원 안은 숲
이 우거져 있어서 무법자들의 눈에 띄지 않고 지나갈 수 있었다.
하지만 레온은 나무 덤불 뒤에 무법자들이 매복하고 있을 수 있
다며 반대했다.

"저기 숨는 게 나을 것 같아. 우리에게 도움이 될 만한 것들도
구할 수 있을 거야."

레온이 소방서를 가리키며 말했다.

아스트레아와 네스토르는 더 이상 자신들의 의견을 고집하지
않았다. 생존 준비에는 레온이 자신들보다 더 철저하다는 걸 알
기 때문이다. 두 사람은 레온의 말을 따르면서 그를 리더로 인정

했다.

산츠 역에서 호안 미로 공원까지, 1킬로미터도 안 되는 거리를 지나는 데 반나절이 걸렸다. 레온이 지나치게 조심스레 움직인 탓이다. 레온은 아스트레아와 네스토르를 따로따로 자신 옆에 딱 붙여서 함께 이동했고, 건물의 테라스로 먼저 올라가서 주변 상황을 철저하게 살폈다. 적들이 없는 걸 확인한 뒤에 내려와서 두 사람에게 상황을 전했다. 게다가 이동할 때는 반드시 벽에 등을 대고 걷게 했다. 게걸음으로 이동하다 보니 가까운 거리도 오래 걸릴 수밖에 없었다. 레온은 이 상황에는 아무리 조심해도 부족하지 않으며, 서두르다가 생기는 실수는 없어야 한다고 생각했다.

수 시간에 걸쳐 세 사람은 소방서에 도착했다. 도끼, 휴대용 탐조등, 내화 장갑 그리고 식량이 있길 바라며 건물 안을 보물찾기 하듯 샅샅이 뒤졌다. 하지만 남아 있는 건 구급상자뿐이었다. 로보가 병에 걸렸을 때 도움이 되는 약이 있었다. 어쩌면 구급상자야말로 진짜 보물일지 몰랐다.

"식량을 나눠서 먹어야 해."

네스토르는 배낭에서 식량을 꺼냈다. 네스토르는 각자 접시에 쿠키 세 개와 잼을 조금씩 덜고, 물을 한 병 따서 컵에 따라 주었다.

"지금은 다른 음식을 먹거나 음료를 마실 수가 없어. 이 여행이 얼마나 걸릴지 모르니까."

음식을 나누던 네스토르가 한탄하며 말했다.

아스트레아는 담요를 펼쳐 로보를 눕히고 나서 입술에 잼을 발라 주었다.

저녁을 먹고 바닥에 누운 세 사람은 쏟아지는 잠을 도저히 참을 수가 없었다. 그러나 세 사람이 잠을 잔 건 고작 세 시간 남짓이었다.

"소리가 나는 것 같아."

아스트레아가 깜짝 놀라 잠에서 깬 네스토르를 흔들었다.

"무슨 소리?"

네스토르가 잠결에 대답했다.

"밖에서 들리는 저 소리."

"동물 소리겠지."

아스트레아는 자리에서 일어나 레온을 찾았다. 레온은 그곳에 없었다. 자는 동안 레온이 떠났고, 자신은 버려졌다고 확신했다. 동시에 레온이 없이는 절대 이 여행에서 살아남을 수 없을 거라는 두려움이 밀려왔다.

그때 갑자기 뭔가가 창문으로 날아들어 유리창를 깨고 바닥에 떨어졌다. 그것은 바로 전날에 만났던 예언자의 머리였다.

"도대체 이게 무, 무슨 난리야!"

네스토르가 화들짝 놀라 잠에서 깼다. 죽음의 왕이 창문가에 나타났다.

"안녕, 친구들."

죽음의 왕이 씩 웃으며 인사했다.

"내 작은 선물이 맘에 드는지 모르겠네? 몸까지 다 들고 오고 싶었지만 너무 무거워서 말이지. 머리면 충분하지 않아?"

두 사람은 겁에 질려 뒷걸음질을 치며 서로의 손을 꼭 잡았다.

그때 레온이 숨어 있던 곳에서 나와 벽에 등을 대고 창문으로 조용히 다가가서 소방관 헬멧으로 침입자의 얼굴을 내리쳤다. 방어할 겨를도 없이 죽음의 왕은 길 위에 쓰러졌다. 레온은 크게 웃으며 창밖으로 고개를 내밀었다. 거기에는 무기를 들고 있는 수많은 무법자가 깔려 있었다.

코피를 흘리며 자리에서 일어난 죽음의 왕은 레온을 노려보며 소리쳤다.

"나는 레스 코르츠 지역의 절대 군주이자 바르셀로나의 다음 황제인 죽음의 왕이다! 내 것을 요구하기 위해 여기까지 왔다. 내 분노가 폭발하기 전에 얼른 아기를 데리고 나와."

아스트레아는 로보의 작은 머리에 이마를 대고 흐느꼈다. 네스토르는 구석에 웅크리고 앉아 떨리는 몸을 끌어안았다. 레온이 침착하게 이 상황을 마주했다. 여행을 시작한 때부터 레온은 자신을 전사로 여기고, 로보를 지켰다. 레온은 주저 없이 방을 나서며 두 사람에게 말했다.

"곧 돌아올게."

"어디 가는데?"

아스트레아가 물었다.

"저들을 죽이러."

"안 돼!"

"다른 방법이 없어."

"머릿수가 너무 많아."

"알아. 하지만 저들과 싸워야 해. 만일 내가 실패하거든 저들이 너희를 죽이러 오기 전에 스스로 목숨을 끊는 편이 나을 거야."

"하지만……."

레온은 아스트레아의 대답을 듣기도 전에 문을 열고 나갔다. 아스트레아와 네스토르는 재빨리 창가 쪽으로 가서 무법자들을 향해 걸어가는 레온의 모습을 지켜보았다.

"죽음의 왕, 내가 여기 왔다. 널 죽이러 왔다!"

죽음의 왕이 명령을 내리기 전에 무법자들이 먼저 레온을 덮칠 수도 있었다.

"그래, 너는 늘 미친 짓을 하지."

죽음의 왕이 사라진 가운뎃손가락 자리를 다른 손으로 문지르며 대답했다.

"나의 광기는 자유에 대한 열망에서 나오는 거야. 그래서 너는 나를 이길 수가 없지."

"어디 한번 두고 보자고."

레온은 첫 번째 손님을 맞을 준비를 했다. 레온의 목표는 죽음의 왕이었지만, 먼저 무법자들을 제거해야 죽음의 왕에게 다가갈 수 있었다.

서로 경계하며 움직이지 않던 그때, 어디선가 으르렁거리는 소리가 들려왔다. 레온과 무법자들은 소리가 나는 공원 숲을 향해 고개를 돌렸다. 사냥개 떼가 이빨을 드러내며 죽음의 왕 무리를 향해 달려오고 있었다. 사냥개들은 꼬리를 꼿꼿하게 세우고 위협적으로 다가왔다. 몸집이 제각각인 개들이 큰 무리를 이루고 있었다. 전에는 인간과 살던 반려견이었다. 도시에서 살던 수많은 반려동물들은 먹이를 찾아 집을 떠났다. 개들은 본능적으로 무리를 지었다.

첫 번째 개가 무법자의 목을 물어 쓰러뜨리자 나머지 개들이 따라서 공격했고, 불과 몇 분 사이에 거의 모든 무법자가 생사를 오가는 상황이 되었다.

그사이에 레온은 소방서 안으로 몸을 피했다. 뒤따라오던 사냥개가 레온에게 달려드는 순간, 재빨리 문을 잠갔다. 얼마 안 있어 문을 두드리며 제발 안으로 들어가게 해 달라고 애원하는 죽음의 왕 목소리가 들렸다.

"문을 열어 줘! 문을 열어 봐, 제발!"

"열어 줘! 저렇게 죽게 둘 수는 없잖아."

네스토르가 소리쳤다.

"아니, 안 돼! 조금 전만 해도 저 미치광이가 우리를 죽이려고 했잖아. 그런데 지금 나더러 저놈을 구해 주라고?"

레온이 네스토르의 의견에 반대했다.

"우리는 쟤들과 달라. 개들한테 먹히도록 그대로 둘 수는 없어."

"아니, 그럴 수 있어!"

레온의 말이 틀린 건 아니었지만 네스토르는 그러고 싶지 않았다. 결국 네스토르는 레온을 밀치고 문을 열어 개에게 물리기 일보 직전이었던 죽음의 왕을 구했다. 죽음의 왕은 그만 정신을 잃고 바닥에 쓰러졌다. 레온은 눈을 번뜩이며 그를 끌고 가 캐비닛 안에 가두어 버렸다.

"그 안에 가두면 몰려드는 개들 때문에 밖으로 나오지 못하잖아."

네스토르가 항의했다.

레온은 네스토르의 멱살을 잡고 벽으로 밀쳤다. 그리고 옷장에 갇힌 죽음의 왕을 가리키며 말했다.

"이봐, 책벌레, 똑똑히 봐. 우리가 이렇게 도와줘도 저 인간은 피도 눈물도 없이 우리를 죽이려 할 거야. 내가 저놈을 도와주는 건 여기까지야. 목숨을 살려 준 걸로 충분하다고. 그러니 이제는 내버려 둘 거야. 개들이 밖에서 기다린다면, 그 또한 저놈의 운명이겠지. 살든 죽든 우리랑은 상관없어."

레온은 네스토르의 멱살은 풀었고, 배낭을 집어 들면서 명령하듯 말했다.

"어서, 가자."

네스토르는 옷매무새를 고치며 따랐다.

레온이 건물 뒤로 난 문을 열자 그곳에도 화가 난 듯 으르렁거리는 개 다섯 마리가 있었다.

"여기로는 못 나가겠는걸."

네스토르가 말했다.

"내가 먼저 나갈게."

레온이 번쩍이는 칼을 꺼내 들며 말했다.

개들은 레온이 휘두르는 칼에도 겁을 먹지 않았다. 그중 한 마리가 점프할 준비를 하며 뒷다리를 접은 순간이었다. 우거진 숲 사이에서 양치기 개 한 마리가 나타나 성난 개들을 향해 거대한 송곳니를 드러냈다. 예상치 못한 양치기 개의 출현에 개 다섯 마리는 주춤하며 뒤로 물러섰다. 양치기 개가 코를 찡그리자 개들은 공원 수풀 사이로 도망갔다. 그것만으로도 눈앞의 개가 얼마나 힘센지 알 수 있었다.

"가자!"

레온이 외쳤다.

"그럼 이 개는?"

네스토르는 양치기 개를 가리키며 물었다.

"네 마음대로 해. 우린 갈 거야."

양치기 개는 계속 세 사람을 따라왔다. 그리고 셋 중 누군가 가던 방향을 바꾸면 귀를 쫑긋 세우고 꼬리를 흔들었다. 결국 네스토르는 가던 길을 멈추고 개를 가까이 오게 했다. 양치기 개는 킁킁거리며 네스토르의 손 냄새를 맡더니 벌러덩 누워 배를 보이고 애교를 부렸다.

"이제부터 이 개를 '아르고스'라고 부르자."

9

아기와 세 사람은 새벽 무렵 라발 지역에 도착했다. 숨어 있을 만한 곳을 찾아 골목을 헤매는데, 어느 건물에서 창문 밖으로 고개를 내밀고 있는 소녀가 보였다. 소녀는 낯선 이들을 두려워하는 기색이 전혀 없었다. 오히려 먼저 인사를 건넸다.

"여행자들, 좋은 아침이야!"

얼마 안 있어 또 다른 소녀가 현관문을 열고 나오더니 세 사람에게 다가와 인사를 건넸다.

"얘들아, 안녕."

소녀의 머리는 볏 모양으로 남기고 빡빡 깎았으며 뺨에는 미국 영화에서 볼 법한 인디언처럼 연보라색 줄이 그어져 있었다.

동전과 병뚜껑으로 만든 귀걸이와 목걸이를 하고 있었고 바닥에 닿을 만큼 긴 창을 들고 있었다. 하지만 세 사람을 놀라게 한 건 따로 있었다. 소녀들은 짧게 자른 청바지를 입고 있고 상반신에는 아무것도 걸치고 있지 않았던 것이다. 눈을 어디에 두어야 할지 몰라 당황한 네스토르와 달리 소녀들은 자신의 모습에 전혀 신경 쓰지 않았다.

"문제가 생겼군. 여전사 구역에 들어왔나 보네."

레온이 중얼거렸다.

"위험한 사람들이야?"

"남자들에게는 그렇지."

세 사람은 눈 깜짝할 사이에 상의를 입지 않은 다른 여전사들에게 둘러싸였다. 여전사들이 점점 더 가까이 다가왔다. 그리고 그들의 팔을 잡아끌었다.

"우리랑 가자."

아르고스는 아까부터 이를 드러내며 으르렁거렸지만 네스토르가 진정하라고 말하자 곧 꼬리를 내렸다. 세 사람은 바르셀로나 현대미술관 앞 광장까지 순순히 따라갔다.

커다란 모닥불 앞에 삼십여 명의 여전사가 세 사람을 기다리고 있었다. 여전사들은 모두 얼굴에 똑같은 칠을 하고, 창과 활을 들고 있었다. 사나워 보이는 겉모습과 달리 무척 친절했다.

여전사들은 모닥불 앞에 있던 한 소녀 앞에 멈춰 섰다. 소녀는 삼베로 만든 판초를 입고, 새의 두개골로 만든 목걸이를 목에 걸고, 뒤틀린 나무로 만든 지팡이를 쥐고 있었다. 소녀가 아스트레아에게 다가와서 머리 냄새를 맡고 몸수색을 했다. 그런 다음 큰 자루에서 페인트 통을 꺼내더니 그 안에 손을 넣고 흔들었다. 바닥에 페인트가 떨어지자 그 앞에서 무릎을 꿇었다. 몇 초 동안 쳐다보고 손가락으로 그 모양을 따라 그리며 살폈다. 소녀가 여전사 무리에서 가장 키 큰 소녀를 바라보며 선언했다.

"합격."

"주술사는 신들과 대화를 나누는데, 방금 네가 우리와 지낼 자격이 있는지 이야기를 나눈 거야. 이곳에 온 것을 환영한다."

머리에 새 깃털 왕관을 쓰고 금 지팡이를 든 소녀가 이 상황을 설명해 주었다. 여전사들의 여왕쯤 되어 보였다.

"그럼 애들은?"

아스트레아가 레온과 네스토르를 가리키며 물었다.

"쟤들은 안 돼."

"왜?"

"남자니까."

순간 레온과 네스토르는 서로를 쳐다봤고, 아르고스는 사납게 이를 드러내며 으르렁거렸다. 칼을 쥐고 있는 레온은 일단 상황이 어떻게 돌아가는지 더 지켜보기로 했다.

"너희는 누구야?"

아스트레아가 물었다.

"우리는 여전사들이지. 혼란의 시대에 살아남은 여전사들."

여왕이 대답했다.

"그게 무슨 말이야?"

"우리는 무법자를 두려워하지 않아. 싸우는 법을 배워서 맞섰고, 그들을 라발 지역에서 쫓아냈지. 덕분에 이제는 자유롭게 살고 있어."

다른 소녀들이 창을 흔들며 일제히 소리쳤다. 그중에는 임신한 소녀도 있었다.

"우아, 우아, 우아!"

"우리를 노예로 만들고 겁을 주던 무법자들을 우리의 손으로 죽였어. 그들은 두려워하기 시작했지. 우리를 이길 수 없다는 것을 알게 되자 더는 이 땅에 들어오지 않아. 우리는 남성들의 압제를 끝내기 위해 연합한 여성들이야. 구역의 경계를 지키고, 전투 기술을 훈련하면서 매일매일 강해지고 있지. 우리는 천하무적이야!"

"우아, 우아, 우아!"

"바르셀로나에서 억압받는 모든 여성이 우리와 함께하기를 바라는 마음으로 이 모닥불을 피우고 있어. 모닥불의 연기는 등대의 빛처럼 여성들을 이곳으로 끌어들이고 있어. 연기의 안내를 받은 소녀들이 우리를 찾아오고, 우리는 이곳에 온 여성들을 훈련시키지. 여기에 있는 한 여성들은 안전해. 괴롭힘을 당하거나 노예가 되지 않아."

"여기에 남자는 단 한 명도 없는 거야?"

"남자는 없어. 그들이 우리 땅에 넘어오면 바로 죽여 버리지."

그 순간 레온은 칼자루 안의 칼을 확인했다.

"왜 그러는 거야?"

아스트레아가 물었다.

"우리는 이전과 다른 형태의 사회를 만들고 있어. 자유로운 여성의 사회이지. 다시는 과거로 돌아가고 싶지 않아. 남성이 지배하는 세상을 더는 원하지 않아."

"하지만 모든 소년과 남성이 나쁜 건 아니잖아."

"맞아. 모두가 다 나쁜 건 아니지만, 모든 무법자는 소년이고 남성이잖아. 소년들은 무법자가 될 가능성이 있는 존재야. 우리는 그 위험을 감수하고 싶지 않아."

여왕이 말하는 사이에 여전사들이 네스토르와 레온 뒤로 조용히 다가갔고, 여왕이 신호를 보내자 빠르게 다리를 공격해 두 사람을 땅에 눕힌 뒤 손과 발을 묶었다. 아르고스가 여전사 한 명에게 달려들어 팔을 물었다. 그 모습을 보고 있던 다른 여전사가 몽둥이로 아르고스를 내리쳤다. 아르고스는 신음 소리를 내며 바닥에 쓰러졌다.

아스트레아는 앞으로 일어날 일이 두려워 온 힘을 다해 로보를 꽉 껴안았다.

"그 아기는 남자야, 여자야?"

주술사가 목걸이에 매달려 있는 새의 뼈를 쓰다듬으며 물었다.

"그저 아기일 뿐이야."

"그러니까 남자야, 여자야?"

"여자야."

아스트레아가 거짓말을 했다.

주술사는 로보에게 다가와 머리에서 냄새를 맡고는 곧장 뒤로 물러나며 소리쳤다.

"거짓말! 사내아이잖아!"

주술사의 말에 여왕은 팔을 들어 신호를 보내고 지그시 눈을 감았다. 그리고 알아들을 수 없는 말을 중얼거린 뒤 지팡이로 아스트레아를 가리켰다.

"이건 우리도 처음 겪는 일이야. 침묵이 온 뒤로 신생아는 보지 못했거든."

잠시 조용하던 여왕이 크게 심호흡을 하고 나서 말했다.

"우리는 살인자가 아니야. 우리는 아기를 죽이지 않을 거야."

"그럼?"

"이 구역 밖에 그 애를 버려야 해. 그래야만 네가 이곳에 머물 수 있어."

"난 아기를 버릴 생각이 없어!"

아스트레아가 겁에 질려 소리쳤다.

"그렇다면 너도 여기를 떠나야 해. 널 받아 줄 수가 없어."

"떠날게. 물론이지, 가고말고."

"우린 너에게 폭력 없는 세상을 제시했어. 넌 조용히 살 수 있는 삶을 원하는 게 아니었어?"

"너희는 무법자보다 더 폭력적이야! 아무것도 할 수 없는 아기를 버리라고 하고, 선량한 내 친구들을 죽이려고 하잖아. 너희가 만드는 사회는 대체 어떤 사회지? 너희 마을 사람이 사내아이를 낳으면 어떻게 할지 생각만 해도 정말 끔찍해."

아스트레아는 임신한 여전사 한 명을 가리키며 말을 덧붙였다.

"만일 저 애가 남자아이를 낳는다면, 그 아이를 버리겠지? 저 애는 아이를 낳았다는 것을 잊어야 할 거고."

임신부는 본능적으로 손을 배에 얹고 머리를 숙였다.

"너희는 미쳤어! 혼란의 시대가 너희를 사나운 인간으로 만들어 버렸어. 그 사실조차 깨닫지 못하다니……."

아스트레아는 크게 울부짖었다.

"네가 지금 무슨 말을 하는지 모르겠군. 무법자들은 여성을 죽이고, 우리는 여성을 보호하는 건데."

"다른 방법이 있잖아."

"뭔데?"

"남자와 여자가 조화롭게 사는 곳을 찾는 거야."

"거기가 어딘데?"

"내 친구가 알아. 레온 솔리타리오가 알고 있다고."

아스트레아가 레온을 가리키며 말했다.

그 말을 듣고 있던 여전사들은 붙잡고 있던 레온을 놓아 주며 호기심 어린 눈으로 쳐다보았다. 여왕은 레온에게 다가가 위아래로 훑어보고 진지하게 말했다.

"우리도 너에 관한 이야기는 많이 들었어."

"나도 너희에 대한 이야기를 들었지. 너희의 용감한 행동을 대단하다고 생각해."

"레온, 너의 용기도 아주 대단해. 넌 이미 여러 번 무법자들과 맞섰고 많은 생존자에게 희망을 주었으니까. 그 점은 아주 높이 평가해."

여왕이 이렇게 덧붙이고는 주술사에게 신호를 보냈다. 주술사는 레온에게 천천히 다가가서 손과 목, 배의 냄새를 맡았다. 그리고 여왕을 보고 고개를 끄덕였다.

"우리는 너희를 해치지 않고 보내 줄 거야. 신들이 너희와 함께하고 있고, 우리는 신의 뜻을 꺾을 수가 없거든. 대신 다시는 이곳으로 돌아오지 마. 만일 다시 나타난다면 너희는 죽게 될 거야. 여긴 우리의 땅이야. 자유로운 소녀들의 땅!"

"우아, 우아, 우아!"

여전사들은 아스트레아와 함께 구역의 경계로 갔다. 그 뒤를 레온과 네스토르가 따랐는데, 그들의 땅이 끝나는 지점에 도달할 때까지 두 사람을 놓아주지 않았다.

여전사들은 마지막 인사도 하지 않고 되돌아섰다. 단, 임신한 소녀만이 아스트레아와 눈을 마주쳤다.

"우리와 같이 가자."

아스트레아가 그 소녀에게 말했다.

"난 못 가. 여긴 내 삶의 터전이고, 저들은 내 부족이니까."

"하지만 태어날 아기가 사내아이면 안 좋은 일이 벌어질 거야."

소녀가 배를 쓰다듬더니 눈시울을 붉히며 대답했다.

"만일 사내아이가 태어난다면 그땐 내 부족을 버릴 거야."

"너 혼자 저들과 싸운다고?"

"선택의 여지가 없잖아. 친구들이 같이 있자고 설득하겠지만 나는 그렇게 할 수 없을 거야. 내 아이를 버릴 수 없을 테니까."

"너희 여왕은 지금 잘못된 생각을 하고 있어."

"그녀를 비난하지 마. 여전사들은 나쁜 사람이 아니야. 우리는 그저 무법자가 없는 사회를 원할 뿐이야. 우리가 올바른 선택을 한 게 아닐 수도 있지만 우린 스스로를 지킬 권리가 있어."

임신부는 로보의 머리를 쓰다듬고 아스트레아를 꼭 안아 주었다.

"언젠가 모든 것이 정상으로 돌아왔으면 좋겠어."

10

　　카탈루냐 광장은 황량했다. 생존자나 거리를 순찰하는 무법자들의 흔적은 물론이고, 쓰레기통 주위를 서성거리는 개 한 마리도 보이지 않았다. 바르셀로나처럼 전쟁 중인 도시에 비정상적인 평온이 숨을 쉬고 있었다.

　　"이 구역은 모두가 떠나 버린 것 같네."

　　레온이 주변을 둘러보면서 말했다.

　　"사람들이 다 어디로 갔을까?"

　　"모르겠어. 여기를 지나는 게 너무 오랜만이라."

　　셋은 광장의 중심을 피해 곁길로 다녔다. 그러다가 쇼핑몰에 도착했고, 아스트레아의 기억이 맞다면 이 쇼핑몰 안에 신생아 용품 가게가 있을 터였다. 침묵이 오고 난 뒤 누구도 신생아 용품을 챙길 생각은 안 했을 것이다. 쇼핑몰 3층에는 매트리스 가게가 있었다. 그곳에는 매트리스 몇 개가 남아 있었다. 누가 먼저랄 것도 없이 세 사람은 매트리스에 누웠다. 얼마 지나지 않아 모두 깊은 잠에 빠져들었다.

소리를 가장 먼저 들은 건 아르고스였다. 몸을 일으킬 때 나는 삐걱거리는 소리였다. 여전사들에게 공격받은 통증이 남아 있었지만, 아르고스의 귀는 여전히 예민했다. 아르고스는 소리가 나는 곳을 향해 귀를 쫑긋 세우고 꼬리를 팽팽하게 세우면서 코를 벌름거렸다. 곧 어둠 속에서 다섯 명의 무법자들이 나타나자 아르고스는 곧장 그들을 향해 돌진했다. 한 명을 물어뜯었지만 방어하는 손에 갈비뼈를 얻어맞았다. 결국 아르고스는 탁자 밑으로 도망칠 수밖에 없었다.

잠에 빠져 있던 세 사람은 별안간 나타난 무법자들의 공격에 속수무책으로 당할 수밖에 없었다. 세 사람은 등을 맞대고 한데 꽁꽁 묶여 두들겨 맞았다.

그들 앞에 죽음의 왕이 나타났다. 무법자들은 세 사람의 얼굴을 들어 올려 죽음의 왕 팔에 안겨 있는 로보를 보게 했다.

"아기를 놔 줘!"

아스트레아가 소리쳤다.

"꿈도 꾸지 마."

"왜 로보를 원하는 거야? 아기는 너한테 전혀 도움이 안 되는데."

"아니. 나는 이 아이를 위한 계획이 있어."

"무슨 계획인데?"

"그건 네가 알 바가 아냐."

특히 심하게 당한 레온은 지칠 대로 지쳐서 머리를 앞으로 툭 떨어뜨리고 있었다. 정신을 잃은 것처럼 보였지만, 그렇지 않았다. 레온은 아스트레아가 죽음의 왕과 이야기를 나누는 중에 눈을 위로 치켜뜨고 중얼거렸다.

"로보의 피를 마시려는 거야."

"난 그런 말 한 적이 없어."

죽음의 왕이 재빨리 대답했다.

"분명 그 이유 때문이야. 멍청하기도 하지! 신생아의 피를 마시면 스물두 번째 생일을 넘기고 살 수 있다는 헛소문을 믿다니."

"누가 그런 바보 같은 말을 했는데?"

아스트레아가 두 사람 사이에 끼어들었다.

"주술사들이 말을 만들어 냈고, 무지한 사람들은 그들의 말을 믿었어. 그들은 신생아의 순수한 피가 죽을 운명에 처한 사람들을 치료한다고 믿고 있어."

주술사라고 하는 이들도 스물두 살에 가까운 청년들이다. 신체적으로 무법자가 될 만큼 강하지 못해서 생존을 위해 주술사의 길을 택한 자들이다. 그들은 자신들만의 비법이라며 어떤 약을 우두머리들에게 소개했지만 실제로는 아무 근거가 없는 것이었다. 그런데도 무법자들은 그 말을 굳게 믿고 약국에 쳐들어가 훔친 알약을 녹여 엉터리 약을 조제했다. 또 주술사들은 우두머리의 신변을 보호한다는 주문을 꾸며 냈다. 몸에는 수학 공식과 라틴어 문구를 새겼다. 청진기와 돋보기, 주사기 등으로 몸을 치장했다. 스스로를 주술사라고 부르는 사기꾼들은 무법자들에게 자신들이 치유의 힘과 지식을 가지고 있다는 믿음을 주며 그들 위에서 군림하고 싶어 했다.

"주술사들이 거짓말한다는 걸 모르는 사람이 어딨어!"

아스트레아가 크게 분노했다.

"하지만 죽음의 왕은 그렇게 똑똑하지 않아서 사기꾼들에게 넘어가는 거지."

경멸에 가득 찬 목소리로 레온이 덧붙였다.

"너희 마음대로 생각해. 내가 일일이 다 설명해야 할 필요는 없으니까."

죽음의 왕이 시큰둥하게 대답했다.

죽음의 왕은 무법자들에게 세 사람을 풀어서 광장으로 끌고 가라고 명령했다. 레온은 밧줄이 풀리자마자 죽음의 왕을 향해 돌진했다. 아무도 레온을 막을 수 없었다. 레온은 죽음의 왕을 땅에 내동댕이치고 그를 깔고 앉아 두들겨 팼다. 결국 무법자들이 달려들어 레온의 몸을 칭칭 묶었다. 몸을 일으킨 죽음의 왕은 못이 촘촘하게 박힌 야구 방망이로 레온의 무릎을 힘껏 내리쳤다.

레온이 비명을 지르며 쓰러졌다. 야구 방망이에 박혔던 못에 살이 찢겨 피가 철철 흘렀다. 죽음의 왕은 비열한 미소를 지으며 레온의 다리를 야구 방망이로 다시 내리쳤다. 분노에 휩싸인 죽음의 왕은 지치지도 않고 레온을 내리쳤다. 어느 정도 분이 풀렸을 즈음 방망이를 손에서 놓았다. 레온은 기절하고 말았다.

"거리로 끌고 가!"

미친 죽음의 왕이 고래고래 소리를 지르며 명령했다.

"저것들을 죽여서 모두가 보이는 곳에 내걸어. 좋은 본보기가 될 거다. 다시는 누구도 덤벼들지 못할 테니까."

잠시 후 아스트레아와 레온, 네스토르는 카탈루냐 광장 중앙에 묶여 있었다.

"죽음의 시간이 왔다."

죽음의 왕은 세 사람에게 선언했다.

"근데 누굴 먼저 죽여야 할지 모르겠단 말이지. 여긴 다리가 망가진 채로 널브러져 있으니 전혀 위협적이지 않고, 너희 둘 중 하나를 고르면 되는데……. 너희에게 고통을 줄 생각은 없어. 나도 더는 허비할 시간이 없거든. 가능한 빨리 레스 코르츠로 돌아가야 해서 말이야. 나는 다른 구역의 대장들과 비침략 협약에 서명했어. 그들은 이 혼란의 시대에 만들어진 규칙을 위반하면 안 된다는 걸 모두에게 알리고 싶어 해. 물론 나의 인내심에도 한계가 있어. 함부로 그 한계를 드러내고 싶지도 않고. 이미 소방서에서 큰 타격을 입은 터라 쓸모없는 것들뿐이거든.”

죽음의 왕이 남아 있는 무법자들을 가리키며 말했다.

“이제 새로운 병사들을 뽑아야 해. 개떼가 내 부하들을 거의 다 물어 죽이는 바람에 다시 시작해야 하니까. 이 모든 게 다 너희들 때문이야! 처음부터 아기를 순순히 내놓았다면 조용히 넘어갔을 텐데. 어쩌면 너희를 살려 줬을 수도 있었겠지. 하지만 이제 늦었어. 너희가 저지른 악한 일들에 대해서는 꼭 복수를 해야겠어. 지켜야 할 평판이란 게 있으니까. 내게도 자존심이 있다고! 알겠어?”

그 말에 몇 명의 무법자들이 살짝 웃었다. 하지만 죽음의 왕이 그들을 쏘아보자 금새 웃음을 거뒀다.

“둘 중에 누가 먼저 죽을래?”

아무도 대답하지 않았다. 레온은 정신을 잃은 상태였고, 아스트레아는 한순간도 로보에게서 눈을 뗄 수가 없었다. 로보는 바닥에 놓인 둥근 바구니 안에 있었다. 네스토르는 죽음의 왕을 향한 경멸의 표시로 먼 곳을 응시하고 있었는데, 광장 한쪽에서 무언가 움직이는 것을 감지했다. 맨홀 뚜껑이었다. 누군가가 땅 아래에서 맨홀 뚜껑을 열고 있었다. 뚜껑이 한쪽으로 완전히 열리자 지하에서 한 소년이 나와 나무 뒤로 숨었다.

"넌 미쳤어."

갑자기 아스트레아가 죽음의 왕을 쳐다보며 말했다.

"말해 봐. 침묵이 오기 전의 네 삶이 어땠는지? 너희 부모님이 너 같은 괴물을 키웠다는 걸 알면 얼마나 괴로울까. 학교 친구들은 네 옆에 앉는 걸 꺼렸을 거야. 이웃들은 너랑 마주치는 게 싫어서 엘리베이터를 같이 타지 않을 핑계를 만들었겠지. 너의 진짜 모습을 알게 된 여자 친구는 널 버렸을 테고. 안 봐도 눈에 훤해. 그렇네, 네 눈을 보니까 내 말이 하나도 틀린 게 없어. 넌 항상 미쳐 있었고 사람들은 너에게 등을 돌렸어."

"닥쳐!"

"불쌍한 인간 같으니! 그 누구도 악한 사람과 친구가 되고 싶어 하지 않는다는 걸 뒤늦게서야 깨닫게 된 거야. 너의 그 에너지를 사람들을 돕는 데 쏟았다면, 이웃들에게 미소를 지어 보였다면, 다른 사람을 괴롭히는 대신 더 나은 세상을 위한 노력을 했다면 오늘날 이렇게까지 미치지는 않았을 텐데. 너는 고통을 증

오로 바꾸었어. 그러니 네 안에는 고독만 남아 있겠지. 밤마다 트럭에 누워서 너를 사랑했던 사람들을 떠올리고, 네가 망가뜨린 사람들을 생각하면서 울진 않아? 안 그래, 죽음의 왕? 침묵이 오기 전의 네 삶이 슬프지는 않았어?"

"닥쳐!"

죽음의 왕이 주먹으로 아스트레아의 턱을 힘껏 내리쳤다.

네스토르는 광장 주변에서 미끄러져 나오는 그림자를 주시하고 있었다. 그 그림자는 로보가 누워 있는 바구니 근처까지 다가갔다. 네스토르는 그림자가 로보를 안고 입을 가리는 것을 똑똑히 지켜보았다. 그림자는 재빨리 돌아가서 맨홀 뚜껑을 닫고 사라졌다.

"근데 넌 뭘 그렇게 보고 있는 거야?"

죽음의 왕은 먼 곳을 응시하는 네스토르의 눈을 따라가며 물었다. 네스토르가 죽음의 왕 쪽으로 고개를 돌리며 대답했다.

"지금은 한 멍청이를 보고 있지."

죽음의 왕은 그의 입을 내리쳤다. 그러나 네스토르는 고통에 몸부림치는 대신 미소를 지어 보였다. 죽음의 왕은 크게 당황했다.

"너는 나를 원하는 만큼 때릴 수 있어. 하지만 넌 절대 원하는 걸 얻을 수 없을 거야."

네스토르가 죽음의 왕을 향해 피를 퉤 뱉으며 중얼거렸다.

"그래? 어디 한번 두고 보자."

"아니, 두고 볼 것도 없어. 이곳에는 로보가 없거든. 네 코앞에 와서 데리고 가는데도 알아채지 못하던걸. 한심한 놈."

네스토르의 비아냥에 죽음의 왕은 재빨리 뒤를 돌아보았다. 그리고 로보가 사라진 빈 바구니를 보고는 분노에 가득 찬 비명을 질렀다.

"이제 너에게 미래는 없어."

네스토르가 단호한 목소리로 말했다.

"곧 너를 위한 날이 올 거야. 네 최후의 날. 그리고 우리는 널 비웃을 거야."

11

죽음의 왕은 부하들에게 광장 구
석구석을 수색하라고 명령했지만 소용없는 일이었다. 지하 수색
은 그 누구도 생각하지 못 했다.

"넌 절대 못 찾아."

네스토르는 그들을 비웃으며 단호하게 말했다.

분노에 찬 죽음의 왕은 네스토르뿐 아니라 자신의 부하들에게
받게 될 비웃음을 견딜 수가 없었다. 네스토르는 계속 거만하게
굴었고 그의 웃음소리는 더 커졌다. 네스토르는 미친 사람처럼
계속 웃었다.

"너도 시간이 없어, 안 그래?"

네스토르가 말했다.

"스물두 살이 되려면 얼마 남았지? 일 년은 남았나? 반년인가, 아니, 한 달? 벌써 초읽기에 들어갔군. 이제 정말 얼마 남지 않았네."

네스토르는 입을 다물지 않았다.

"오, 불쌍한 인간 같으니! 그토록 간절히 원하던 아기를 코앞에서 잃어버리다니. 보아하니 너는 바르셀로나에서 가장 멍청한 범죄자야. 그 머리로 다시 레스 코르츠로 돌아갈 수 있을지 모르겠네. 분명 네 자리를 빼앗길 텐데 돌아갈 수 있다고 믿는 거잖아."

한참을 비아냥거리던 네스토르는 뭔가 생각이 난 듯이 몇 초간 조용히 있었다. 그리고 다시 입을 뗐을 때 네스토르의 목소리가 묘하게 달라졌다.

"잘 생각해 보니 애당초 넌 돌아갈 생각이 없었어, 안 그래?"

순간 죽음의 왕 얼굴에 경련이 일었다.

"그랬군! 아, 이제야 이해가 되네. 너는 로보를 데리고 바르셀로나를 떠날 생각이었던 거야. 다시 시작할 수 있는 어딘가에 정착하고 싶은 거지. 그래, 맞아, 그거였네. 돌아갈 마음 따위는 없었어. 넌 죽음의 왕이 되고 싶지 않았던 거야! 레스 코르츠로 돌아갈 계획도 없었고. 왜냐하면 네 마음속 깊은 곳에는 폭력을 싫어하는 또다른 네가 있으니까."

하고 싶은 말을 모두 내뱉은 네스토르가 크게 웃어 젖혔다. 죽음의 왕은 아무 대꾸 없이 네스토르를 바라보았다.

"불쌍하군."

웃음을 멈추고 네스토르가 말을 계속 이었다.

"너는 행복하게 살 수도 있었어. 평화를 원하는 생존자들과 함께 지낼 수도 있었겠지. 불의에 맞서 싸운 사람들의 지도자가 될 수도 있었고, 모두에게 존경받는 영웅이 될 수도 있었을 거야. 하지만 넌 폭력을 선택했고 올바른 길로 돌아오는 법을 알지 못했어. 맞아, 죽음의 왕, 네 눈을 보니 이제까지 살아온 삶을 후회하고 있네. 선원이 폭풍을 두려워하는 것처럼 죽음을 두려워하는 게 훤히 보여."

죽음의 왕은 네스토르에게 등을 돌려 반대편을 바라보며 깊은 생각에 잠겼다. 그리고 다시 몸을 돌리려는 순간, 광장 한쪽에서 예닐곱 살 정도로 보이는 소년을 발견했다.

"넌 누구야?"

죽음의 왕이 소리쳤다.

소년은 죽음의 왕이 앞으로 다가오는데도 무관심한 태도를 보였다. 죽음의 왕이 소년과 겨우 몇 발자국 떨어지지 않은 거리만큼 다가갔을 때, 거리의 많은 맨홀 뚜껑이 일제히 열리며 어린이 군대가 나타났다. 어린이 군대는 무법자들을 재빨리 둘러싸고

끈으로 칭칭 동여맸다.

어린이 군대는 죽음의 왕과 나머지 무법자들을 단단히 묶고, 아스트레아와 네스토르는 풀어 주었다. 레온은 묶인 채로 그대로 내버려 두었다.

"쟤는 크게 다쳤어. 도움이 필요해."

네스토르가 레온을 가리키며 말했다.

"우리는 쟤를 믿지 않아."

한 어린이가 대답했다.

"참, 로보는 어디 있지?"

아스트레아는 수백 명의 어린이 군중 속에서 헤매고 있었다.

"난 지금 로보, 그러니까 아기를 찾고 있어."

어린이들은 아스트레아의 말을 기다렸다는 듯이 의기양양하게 광장의 한 곳을 가리켰다. 어린이 군대가 양쪽으로 비켜서 만들어 준 길 끝에 로보가 있었다. 아스트레아는 그 길을 따라 로보에게 다가갔다. 담요로 덮인 큰 바구니에 로보가 있었다. 유일하게 흰 셔츠를 입은 소년이 아스트레아에게 로보를 건네주었다.

"네가 여기 대장이야?"

아스트레아가 소년에게 물었다.

"여기는 대장이 없어."

소년이 대답했다.

"다른 아이들은 검은 옷을 입고 있는데, 너만 흰옷을 입고 있잖아."

"매일 한 명씩 돌아가면서 흰옷을 입는 거야. 그리고 흰옷을 입은 사람이 나머지 아이들에게 명령을 내리지. 그다음 날에는 다른 아이에게 흰옷을 넘겨주고. 여기에서 대장은 하나가 아니라 여럿이야."

소년은 하늘을 향해 주먹을 힘껏 올리며 외쳤다.

"모두 똑같고, 모두 자유롭다!"

소년의 말에 어린이 군대는 팔을 들고 그들의 구호를 반복했다.

"모두 똑같고, 모두 자유롭다! 모두 똑같고, 모두 자유롭다! 모두 똑같고, 모두 자유롭다!"

"너희는 지하에서 사는 거야?"

이번에는 네스토르가 물었다.

"건물보다 지하가 안전하거든. 어른들이 절대 찾지 못하지."

"하지만 지저분하잖아."

"아니, 그렇지 않아. 우리가 깨끗하게 청소했어. 이제는 우리의 보금자리야. 너희에게 보여 줄게."

흰옷을 입은 소년이 살짝 손짓하자 다른 소년이 맨홀 뚜껑을 들었다.

먼저 아스트레아와 네스토르가 사다리를 타고 밑으로 내려갔다. 그리고 죽음의 왕과 그의 부하들도 손이 묶인 채로 끌려 내려갔다. 피투성이가 된 레온은 밧줄에 매달려 내려 보내졌다.

아이들 말대로 지하 세계는 깨끗했다. 물이 빠져 있었고 소독을 한 지 얼마 안 되었는지 화학 약품 냄새가 났다. 긴 터널 벽에는 횃불이 달려 있고, 중간에 연결된 작은 수로는 방으로 꾸며져 있었다. 방마다 매트리스가 놓여 있었다. 각 방의 벽에는 수십 개의 액자와 사진이 걸려 있다. 모두 어른들의 모습이었다. 어린이 군대의 부모님이나 조부모였다. 그곳은 사람이 살 수 있는 지하 도시로 꾸며져 있었다.

어린이들을 따라 걷다 보니 광장과 같은 넓은 공간에 도착했다. 어린이 군대는 데려온 사람들을 가운데 두고 빙 둘러앉았다. 그러고는 뻐꾸기시계가 12시를 알릴 때까지 모두 조용히 있었다.

"기억의 시간이 왔다!"

12시가 되자 흰옷을 입은 소년이 발표했다.

어린이 군대는 크게 손뼉을 쳤고, 그날의 리더가 두 팔을 들고 질문을 던졌다.

"오늘은 누가 기억을 되살릴 차례지?"

한 어린이가 일어섰다. 그 애는 원의 한가운데에 섰고, 벽에 걸린 사진 중 하나를 가리키며 말했다.

"이분들은 내 부모님이셔."

"기억, 기억, 기억!"

애들이 일제히 외쳤다.

"무서웠던 그날이 기억나. 밤이었고 사방이 깜깜했지. 전부터 내가 무섭다고 할 때마다 형은 나를 놀렸어. 이상하게도 그날은 형을 깨우고 싶지 않았지."

"맞아!"

누군가가 소리쳤다.

"형들은 늘 우리를 놀렸어. 이제는 우리를 괴롭히는 사람이 없어서 행복해."

"행복해, 행복해, 행복해!"

어린이 군대가 환호하자 그 애가 이어서 말했다.

"그날 밤, 비가 내렸어. 폭풍이 불어서 너무 무서웠어. 폭풍이 불면 괴물이 나타난다고 믿었거든. 나는 일어나서 부모님 방으로 갔어. 침대 발치에 섰지. 주무시고 계셔서 깨우고 싶지 않았거든. 그냥 서 있었어. 엄마는 내가 거기 있다는 걸 금방 알아챘어. 내가 뭔가를 찾을 때면 엄마는 밤중에라도 깨어났어. 어쩜 그렇게 빨리 아는지 모르겠어. 가까이 가면 엄마는 금방 눈을 떴고, 날 보고 웃어 줬지. 그날 밤에 엄마는 내게 무슨 일이 있었는지 물었어. 무섭다고 했더니 엄마는 이불을 들어 올리고는 엄마 옆에서 자라고 했어. 나는 신이 나서 침대 위로 폴짝 뛰어 올라갔지. 부모님과 자는 게 너무 좋았어. 아빠는 코를 골고 몸을 뒤척이면서 나를 밀치곤 했지만 엄마는 내가 잠이 들 때까지 안고 쓰다듬어 줬지. 나는 아주 행복했어. 거기에 있으면 괴물들이 나를 괴롭히지 못할 것 같았어."

그 애가 벽에 걸린 사진을 보고 어깨를 들썩였다.

"이게 내 기억이야."

"기억, 기억, 기억!"

흰옷을 입은 소년이 다시 일어나 손을 들고 말했다.

"우리는 또 다른 기억을 되찾았어. 이제 절대 잊지 않을 거야."

"기억, 기억, 기억!"

"우리에게 손님이 왔어. 난 그들을 정중하게 대하고 싶어. 부모님은 우리에게 좋은 주인이 되어야 한다고 말씀하셨어. 우리는 그들이 남긴 가르침을 기억해야 해. 이제부터 손님에게 질문을 받을게."

흰옷을 입은 소년이 아스트레아와 네스토르를 바라보며 말했다.

"청소년들은 어디에 있어?"

아스트레아가 먼저 물었다.

"여기에는 청소년들이 없어."

"그럼 무법자들은?"

"무법자도 없어."

"그들이 떠난 거야?"

어린이 군대 사이에서 킥킥 웃는 소리가 들렸다.

"청소년들과 무법자는 나빠. 우리보다 똑똑하다고 우쭐대지. 우리에게 나쁜 짓도 하고 말이야."

아스트레아가 그곳에 모여 있는 아이들을 둘러보며 잠시 주저하다가 다시 질문했다.

"그렇다면 너희는 그들을 어떻게 했어?"

빙 둘러서 있던 아이들이 손으로 목을 쓱 긋는 시늉을 하며 깔깔 웃어 댔다.

"그들을 다 죽인 거야?"

"우리가 이미 말했잖아. 청소년들과 무법자들이 우리에게 나쁜 짓을 했다고."

"너희가 그들을 어떻게 이긴 거야?"

"간단해. 우리 숫자가 더 많거든."

아스트레와 네스토르는 흠칫 뒤로 물러섰다.

"걱정하지 마."

흰옷을 입은 소년이 말했다.

"너희를 죽이지 않을 거야."

"절대대대대대대!"

나머지 아이들도 크게 소리쳤다.

"너희는 로보를 돌보는 좋은 사람들이야. 로보에겐 너희가 필요해."

그 말에 아스트레아와 네스토르는 긴장이 조금 풀렸다. 소년은 죽음의 왕과 레온을 비롯한 다섯 명의 무법자들을 손으로 가리키며 큰 소리로 말했다.

"저 사람들은 우리 손에 죽을 거야. 나쁜 사람들이니까. 저 사람들은 폭력적이야. 우리는 저들이 싸우는 것을 봤어. 저들은 우리를 못살게 괴롭힌 십 대들이랑 똑같아."

"안 돼!"

아스트레아는 소년의 말을 끊으며 소리쳤다.

"얘는 레온이야, 이제까지 로보를 돌봤어. 아기를 위해 목숨을 걸었다고."

"하지만 이곳에 폭력을 끌어들인 적이 있어. 우리가 봤어."

"제발 더는 사람들을 죽이지 마. 사람을 죽이면 너희도 나쁜 사람이 되는 거잖아. 안 그러면 악마가 너희 공동체에서 주인 노릇을 할 거고, 그렇게 되면 너희는……."

아스트레아가 흰옷을 입은 소년에게 간절히 애원했다.

"우리는 아이들의 행복을 지킨다!"

"아이들의 행복, 아이들의 행복, 아이들의 행복!"

그곳에 모인 어린이들이 모두 일어나 일제히 소리를 질렀다. 그리고 아스트레아가 들어왔던 터널과 연결된 통로로 안내했다.

"이제 너희는 떠나는 게 좋겠어."

흰옷을 입은 소년이 말했다.

"로보는 데리고 가도 좋아. 너희가 로보를 위해서 최선을 다한다는 걸 알고 있거든."

"그럼 레온은?"

"저 폭력적인 사람은 우리와 함께 있을 거야."

아스트레아는 당장이라도 친구에게 달려가고 싶었다. 하지만 창을 든 어린이 군대가 인간 장벽을 만들어 아스트레아를 막아섰다.

"나가, 밖으로 나가!"

어린이 군대는 두 사람을 출구 쪽으로 밀며 소리를 질렀다.

12

아스트레아는 로보를 껴안고 흐
느꼈다. 네스토르는 주먹을 쥔 채 맨홀 뚜껑을 내려다보았다. 갑
자기 개 짖는 소리가 들렸다. 쇼핑몰 뒤에서 나타난 아르고스가
꼬리를 흔들며 아스트레아의 다리 사리로 들어왔다.

"아르고스가 돌아와서 다행이야."

네스토르는 아무 대꾸도 하지 않았다. 여전히 찌푸린 얼굴로
바닥을 내려다보고 있었다.

"레온을 두고 떠날 수는 없어."

침묵을 깨고 네스토르가 말을 내뱉었다.

아스트레아는 별로 놀라지 않았다. 오히려 그렇게 말해 주길
바라고 있었다. 네스토르가 용감한 사람이라고 단정할 수는 없

지만, 그는 의리가 있고 강직했다.

"그럼 둘 다 구출하자."

아스트레아가 대답했다.

"죽음의 왕도 구하자고?"

"응."

"그래, 그러자."

지하로 다시 들어가는 네스토르의 뺨에 아스트레아가 입을 맞추며 작별 인사를 건넸다. 어린이 군대는 창끝을 들이대며 자신들의 왕국에서 두 사람을 쫓아냈다. 돌아온다면 죽이겠다고 협박했지만 그곳에 레온을 남겨 둔 채 떠날 수 없었다.

네스토르는 사다리를 타고 지하로 내려가 곧장 터널을 따라갔다. 어린이 군대가 네스토르를 발견하고, 그가 어린이 군대를 두려워하지 않는다는 사실을 알아채길 바랐다. 네스토르가 그들의 눈에 띄기까지는 오래 걸리지 않았다. 그를 본 한 소년이 마치 유령을 본 것처럼 비명을 질렀다.

"어른, 어른, 어른이다!"

순식간에 여러 목소리가 같은 단어를 반복했다.

"어른, 어른, 어른!"

네스토르는 곧 창으로 위협하는 수많은 아이들에게 둘러싸였고, 광장으로 밀려들어 갔다.

"다시는 돌아오지 말라고 경고했을 텐데."

흰옷을 입은 소년이 네스토르에게 말했다.

"저들을 너희 손에 죽게 놔둘 수 없어."

"그래? 그럼 이제 너도 함께 죽게 될 거야."

옆방에는 레온과 죽음의 왕이 있었다. 다섯 명의 무법자는 이미 사라진 뒤였다.

이어서 한 소년이 밧줄을 들고 네스토르에게 다가왔다. 네스토르는 결박되기 전에 그 아이를 힘껏 밀치고 빠져나왔다. 그런 다음 아이들을 둘러보며 두 팔을 들고 외쳤다.

"나에게도 기억을 되살릴 권리를 줘!"

그 말을 들은 어린이 군대의 눈빛이 바람에 쓸리는 밀처럼 흔들렸다. 네스토르의 요구가 혼란스러워 아무런 대답도 하지 못했다. 외부인이 그런 권리를 달라고 요구한 게 처음이라 당황한 눈치였다. 어린이 군대는 기억해야 할 이야기를 모으고 싶은 마음이 너무도 간절했다.

흰옷을 입은 소년이 입을 떼기 전에 누군가가 먼저 외쳤다.

"기억!"

곧 다른 아이들도 그 말을 따라 외쳤다.

"기억, 기억, 기억!"

흰옷을 입은 소년은 흥분한 아이들을 돌아보았다. 당장 네스토르를 막고 싶었지만 다수가 원하는 것을 받아들이기로 했다. 침입자 네스토르에게 기억을 되살릴 시간을 허락했다.

"오래전, 그러니까 '여름 없는 한 해'로 알려진 때 일어난 이야기를 들려줄게."

"우-우-우!"

어린이 군대 한쪽에서는 야유가 쏟아졌다. 그러거나 말거나 네스토르는 자신의 이야기를 이어 갔다.

"그해 화산이 폭발해서 사방에 연기가 가득했어. 몇 달 동안 햇빛을 가렸지. 낮은 어두웠고 밤하늘에 별이 보이지 않았지. 모두 두려웠지만, 메리 셸리*라는 여성은 그 어둠 속에서 이야기를 썼지. 한 남자와 괴물에 관한 이야기야. 남자의 이름은 '프랑켄슈타인'이었어. 하지만 괴물에겐 이름이 없었지……."

"우리는 괴물이 싫어!"

"아니, 아니, 아니야!"

어린이 군대가 소리쳤다.

"걱정하지 마."

네스토르는 어린이 군대를 향해 재빨리 소리쳤다.

"이 괴물은 너희를 해치지 않아. 걱정하지 마. 이 이야기를 들

---

* Mary Shelley, 소설 《프랑켄슈타인》의 저자.

어 보면 알 수 있을 거야."

"계속해."

흰옷을 입은 소년이 명령했다.

"의사였던 프랑켄슈타인 박사는 자신이 죽은 사람을 다시 살려 낼 수 있다고 확신했어. 자신에게 하느님처럼 강력한 힘이 있다고 믿었지. 그래서 한 시체에서 팔을, 다른 시체에서 다리, 또다른 시체에서는 뇌를 가지고 하나의 몸을 만들었어. 그렇게 생명체를 만들기는 했지만, 결국은 죽은 자들의 신체 일부분을 떼어 내 만든 좀비에 지나지 않았어."

"저런!"

"프랑켄슈타인 박사는 괴물을 만들었단 걸 깨닫고는 자신이 만든 괴물을 집에서 내쫓았어. 괴물은 숲속을 떠돌아다니며 살았지. 사람들에게 거절을 당한 가슴에는 슬픔이 가득했어. 몸은 어른이었지만 정신은 아이나 마찬가지였어. 말을 못하고 글을 못 읽었으니까. 세상을 어떻게 살아가야 할지도 당연히 몰랐지. 우리가 학교를 다니며 배운 것처럼 괴물도 배워야 했던 거야. 하지만 곁에는 아무도 없었어. 괴물은 자신을 사랑하며 가르쳐 줄 사람을 찾아 떠돌았지. 그러다가 한 가족이 사는 오두막에 도착했어. 괴물은 마구간에 숨어서 한동안 그 가족을 관찰하고 그들의 말과 행동을 따라했어. 그리고 생각을 하게 되었어. 무엇보다 중요한 것이었지. 괴물은 사람들을 관찰하면서 조금씩 배워 나갔어."

어린이 군대는 네스토르에게 집중하고 있었다. 네스토르는 소설《프랑케슈타인》의 교훈을 끝으로 이야기를 마무리했다.

"이 이야기를 해 주는 건 어른들의 도움 없이는 너희도 발전할 수 없다는 사실을 깨닫길 바라서야. 그 괴물은 말하고, 읽고, 생각하는 것을 보고 배울 수 있는 가족이 필요했어. 너희도 마찬가지로 발전하려면 성숙한 청소년들이 필요해."

어린이 군대는 아무 말도 하지 않았다.

"괴물 이야기와 너희 이야기에 어떠한 연관이 있어 보이지 않니? 청소년들은 너희에게 지식을 전해 줄 수 있어. 그들은 너희가 사회를 만들고, 훗날 이 지하에서 나가서 도시를 재건하는 데 도움을 줄 거야. 이래도 너희를 도와줄 수 있는 사람들을 쫓아내는 위험한 일을 계속할 거야?"

"도시 재건."

한 아이가 네스토르의 말을 따라 중얼거렸고, 그것은 구호로 번졌다.

"도시 재건, 도시 재건, 도시 재건……."

네스토르는 웅성거리는 소리가 사라질 때까지 기다렸다가 어린이들을 돌아보며 큰 소리로 말했다.

"이들을 풀어 주고, 거리로 나가! 너희는 군대잖아. 한 명 한 명은 약할지 몰라도 함께 있으면 강해지지. 그 어떤 무법자도 너희를 해치지 못해. 그러니 이 하수구를 버리고 밖으로 나가서 새로운 세상이 왔다고 선언해."

몇몇 아이들은 자리에서 일어났다.

"도시에 이만큼 큰 군대는 없어. 아무도 감히 너희를 해치지 못할 거야. 하지만 너희에겐 중요한 게 빠졌어. 너희는 힘을 길러 자신을 지키는 법, 자신의 능력을 펼칠 수 있는 법을 배워야 해. 그러면 바르셀로나의 새로운 주인이 될 수 있을 거야."

어린이 군대가 네스토르를 우러러보았다.

"그럼 네가 우리와 함께 있어 줘!"

아이들이 한목소리로 말했다.

"새로운 세상을 만들기 위해 뭘 해야 할지 가르쳐 줘."

네스토르가 어린이 군대를 향해 외쳤다.

"지금 당장 밖으로 나가 곳곳에 숨어 있는 청소년들을 찾아! 그들을 구출하고 너희 세계로 데리고 와. 그들이 너희에게 읽고, 요리하고, 살아가는 법을 가르쳐 줄 거야. 성장할 수 있도록 그들이 도와준다면 너희는 그들과 함께 천하무적이 될 거야."

얼마 후 곳곳에서 맨홀 뚜껑이 열렸다. 그리고 두더지가 굴에서 올라오듯 수천 명의 아이들이 세상 밖으로 모습을 드러냈다.

아이들이 밖으로 나가고 네스토르는 레온을 찾을 수 있었다.

"다리는 좀 어때?"

"너무 아파."

"힘을 내. 나를 붙잡고 걸어 봐. 우리는 여기서 나가야 해."

"알았어."

두 사람이 밖으로 나왔을 때 세상에 나온 아이들이 두 사람을 응원했다. 카탈루냐 광장의 바닥이 보이지 않을 정도로 많은 아이들이 모였다. 흰옷을 입은 소년이 네스토르에게 다가가자 다들 조용해졌다. 소년이 네스토르에게 제안했다.

"우리와 함께 있지 않을래?"

"안 돼. 우리는 가던 길을 계속 가야 해."

"함께 있자, 함께 있자, 함께 있자!"

어린이 군대가 포효했다.

"미안하지만 난 이곳에 머무를 수 없어. 걱정하지 마. 이 도시에는 너희와 함께 할 청소년들이 많이 있을 테니."

"어디서부터 뭘 시작해야 할지 모르겠어. 우리는 너를 원해. 네가 우리를 도와줬으면 좋겠어."

흰옷을 입은 소년이 말했다.

그 순간 죽음의 왕이 한 맨홀 구멍에서 나타났고, 그때까지 머리에 쓰고 있던 개의 두개골을 땅에 내던졌다.

"내가 가르쳐 줄게. 너희가 알아야 할 모든 걸."

"네가?"

네스토르가 반문했다.

"응, 내가 저들에게 스스로를 지키는 방법을 가르칠 거야. 어린이 군대를 진정한 전사로 만들어 줄 거야. 생존자들의 자유를 위해 싸우는 전사 말이야."

네스토르와 레온은 죽음의 왕이 하는 말을 듣고도 믿을 수가 없었다.

"하지만……"

흰옷을 입은 소년이 망설였다.

"나를 나쁜 사람으로 여긴다는 걸 잘 알아. 나는 시간이 얼마 없어. 몇 달이 채 남지 않았을 거야. 그동안 좋은 일을 하고 싶어. 이 세상에 좋은 기억을 남기고 싶어. 어린이들이 나에겐 마지막 기회야."

"그러면 이제 로보의 피를 원하지 않아?"

레온이 물었다.

죽음의 왕은 레온을 빤히 쳐다보고는 얼굴을 찡그리며 말했다.

"넌 나와 그렇게 많이 부딪치고도 내가 그 이야기를 믿을 만큼 멍청하다고 생각하는 거야?"

"네가 그렇게 말했잖아."

"아니, 나는 피 이야기는 입도 뻥긋하지 않았어. 로보와 함께 있고 싶어 하는 이유를 피 때문이라고 단정한 사람은 너희들이야. 나는 바르셀로나에서 가장 안전한 곳으로 로보를 데리고 가서 마지막 남은 몇 달을 함께 보내고 싶었을 뿐이야."

"그렇다고 쳐. 그럼 네가 죽으면 로보는 어떻게 하려고 했어?"

"평화로운 공동체를 찾아서 그들에게 로보를 맡아 달라고 부탁할 생각이었어. 산속에는 화목하게 사는 사람들이 있거든."

"하지만 우리가 줄곧 로보를 돌봐 왔는걸."

죽음의 왕은 머리를 긁적이며 말을 덧붙였다.

"솔직히 나는 너희가 여행을 무사히 마칠 수 있을 거라고 생각하지 않았어. 너희의 무능함 때문에 로보가 잘못될까 봐 데려오려 했던 거야. 지금 보니 너희가 나보다 로보를 더 잘 돌볼 것 같아. 그런 확신이 들어."

죽음의 왕은 두 소년에게 손을 내밀며 말했다.

"언젠가 나를 용서해 주면 좋겠어. 침묵이 온 뒤로 나는 많은 잘못을 저질렀어. 사람을 해치고, 약탈을 일삼았어. 이제 뉘우쳐야 할 때인 것 같아."

레온과 네스토르는 그와 악수를 했다. 그러고는 광장에서 두 사람을 기다리고 있는 아스트레아에게 달려갔다.

어린이 군대는 재빨리 죽음의 왕을 둘러싸고 하수구 입구 쪽으로 향했다. 땅 아래로 사라지기 직전 죽음의 왕이 레온과 네스토르와 아스트레아를 큰 소리로 불렀다.

"내 진짜 이름은 '안드레우'야."

제3부

13

레온의 다리는 상태가 좋지 않았
다. 다리 상처가 감염되어 고통이 참을 수 없는 지경에 이르렀다.
더는 발을 딛을 수도 없었다. 식은땀이 폭포수처럼 흘렀다.

"오늘은 그만 가자. 레온의 다리를 치료해야 해."

아스트레아가 말했다.

"난 괜찮아."

레온이 대답했다.

"괜찮긴, 이렇게 상태가 안 좋은데! 넌 좀 쉬어야 해."

"괜찮다고 했잖아!"

레온은 자신의 다리 상태가 얼마나 심각한지 인정하지 않다가
갓돌에 걸려 넘어진 뒤에야 현실을 받아들였다.

레온은 여행의 주도권을 두 사람에게 넘겼다.

"저기로 들어가자."

네스토르가 한 건물을 가리키며 말했다.

"오늘은 저기에서 밤을 보내자."

거리가 잘 내다보이는 집이었다. 들어가자마자 레온은 침대에 드러누웠다. 긴장이 풀렸는지 금방 깊은 잠에 빠졌다. 아르고스가 멀찍이 서서 레온이 뒤척거리는 모습을 한참 바라보다가 레온의 곁으로 다가갔다. 레온의 한쪽 다리에 얼굴을 대고 킁킁거리더니 코를 찡그리며 고개를 홱 돌려 버렸다.

"상처가 곪아서 썩고 있어."

네스토르가 레온의 상처를 보며 말했다.

"그게 무슨 뜻이야?"

아스트레아가 되물었다.

"다리를 잘라 내지 않으면 죽을 수도 있어."

아스트레아가 수건에 물을 적셔서 레온의 이마에 조심스럽게 올렸다.

"다른 방법은 없어?"

"없어."

"그럼…… 할 줄 알아?"

"몰라, 책에서 본 적은 있지만……. 의사가 필요해."

"이젠 의사가 없잖아."

레온이 침대에서 몸을 뒤척였다. 열이 올라 환각에 빠졌는지 헛소리를 중얼거렸다.

"저렇게 죽도록 내버려 둘 수는 없어."

아스트레아가 결심한 듯이 복도로 나갔다. 그러고는 건물을 샅샅이 뒤져서 톱을 들고 나타났다. 아스트레아는 톱을 네스토르에게 건넸다.

"해 봐."

"어쩌면 레온이 죽을지도 몰라."

"안 해도 죽을 거야."

네스토르는 마음을 다잡고 레온의 허벅지에 톱날을 댔다. 손이 바들바들 떨렸지만 이미 단단히 마음을 먹은 눈치였다. 아스트레아는 문지방에 서서 두 사람을 지켜봤다. 이 여행이 네스토르를 완전히 바꾸어 놓았다는 생각이 들었다. 겁에 질려 집을 떠나는 것조차 거부했던 네스토르가 도시의 위험에 맞서 왔으며 지금은 친구를 살리기 위해 대담한 결정을 실행하는 사람이 되어 있었다.

"네스토르……."

"응?"

"난 널 믿어."

네스토르가 아스트레아를 쳐다보며 웃었다. 그런 다음 심호흡을 크게 한번 하고는 톱을 쥔 손에 힘을 주었다. 순간 레온이 눈을 번쩍 뜨고는 톱을 쳐다보았다. 그리고 눈을 부릅뜨고 비명을 질렀다. 아스트레아는 재빨리 레온의 이와 이 사이에 막대기를 끼워 넣어 강제로 물고 있게 한 뒤에 머리를 붙잡았다. 레온이 네스토르의 얼굴을 뚫어지게 쳐다보며 소리를 질렀다.

"너어어!"

레온은 곧 정신을 잃었다.

다시 눈을 뜨는 데까지는 꼬박 사흘이 걸렸다. 레온은 실눈을 뜨고 두 사람을 쳐다보았다. 레온이 깨어난 걸 제일 먼저 알아챈 아르고스가 재빨리 다가가 레온의 얼굴을 핥고 그 옆에 앉았다.

"커커컥."

레온이 숨을 헐떡였다.

아스트레아가 자리에서 일어나 레온의 손을 잡고 물었다.

"몸은 어때?"

"괜찮아. 지금 몇 시야?"

레온이 물었다.

"너 사흘이나 잤어."

레온은 침대에서 일어나려고 했지만 현기증이 나서 다시 누울 수밖에 없었다.

"사흘이라고? 미쳤네!"

"응, 다리 한쪽이 썩어……."

"그랬군, 그럼 자는 동안에 다리는 다 나았겠네."

아스트레아와 네스토르는 서로를 쳐다보았다. 레온은 자신에게 무슨 일이 일어났는지 알지 못했다.

"레온, 좀 더 자. 몸을 회복하려면 더 쉬어야 해. 뭐 먹고 싶은 거 있어?"

아스트레아가 다정하게 물었다.

"아니. 배는 안 고파. 하지만 다리가 너무 가려워."

아스트레아는 레온의 왼쪽 장딴지를 긁어 주었다.

"여기?"

"아니, 그 다리 말고 다른 다리."

레온은 환각통을 앓는 모양이었다. 이전에 네스토르는 책에서 읽은 적이 있다. 절단된 팔다리가 아직 그 자리에 있는 것처럼 느껴지는 증상으로 신체의 일부가 사라진 것을 뇌에서 받아들이지 못하는 것이다.

레온은 스스로 다리를 긁으려고 손을 뻗었지만 네스토르가 재빨리 레온의 손목을 잡아당겼다.

"가만히 있어. 아직 감염된 부위가 다 낫지 않았어. 만지지 않는 게 좋을 것 같아."

"그렇지만 너무 가려워!"

"알아. 하지만 지금은 좀 참아야 해. 우선 잠을 더 자. 이제 아무 걱정도 하지 마."

레온은 다시 눈을 감았고, 한밤중에 다시 눈을 떴다. 아르고스가 침대에 함께 있었다. 하지만 레온은 오른쪽 다리 위에 올라와 있는 아르고스의 무게가 느껴지지 않았다. 이상한 기운을 감지한 레온은 담요를 걸고 있어야 할 다리가 보이지 않는 것을 비로소 알게 됐다. 레온이 비명을 질렀다.

"내 다리…… 내 다리가 어, 어디에…… 어디에 있는 거야?"

아스트레아와 네스토르가 레온에게 달려갔다.

"진정해, 진정하라고."

"내 다리, 어디 있어!"

아스트레아는 두 손으로 얼굴을 가렸다. 네스토르는 레온을 바라보며 사실대로 말해 주었다.

"내가 네 다리를 잘랐어."

"잘랐다고? 어떻게 내 다리를 자를 수 있어!"

"감염이 되었어. 자르지 않았다면 넌 죽었을 거야."

"내 다리 돌려 놔!"

일어서면 어떤 일이 벌어질지 예상하지 못한 레온이 침대에서 나오려다가 카펫 위로 벌러덩 넘어졌다. 그렇게 몇 번을 일어서 다가 넘어지기를 반복했다. 결국 끓어오르는 화를 참지 못하고 어린아이처럼 울음을 터뜨렸다. 레온이 부엌으로 기어가서 칼을 찾아 냈다. 네스토르가 재빨리 그것을 빼앗았다.

"날 그냥 내버려 둬!"

레온이 소리를 질렀다.

"죽고 싶어, 죽고 싶다고……."

"이제 한쪽 다리로 사는 생활에 익숙해져야 해. 넌 이보다 더 어려운 상황에 처했을 때도 포기하지 않았어."

아스트레아가 레온을 달랬다.

"이런 다리로 어떻게 여행을 해? 걸을 수도 없는데!"

"목발을 구할 거야. 분명 어딘가에 있을……."

"난 목발을 짚고 싶지 않아. 너희에게 골칫거리가 되고 싶지 않다고!"

"네가 왜 골칫거리야. 천천히 가면 돼. 이제는 서두르지 않아도 되니까. 죽음의 왕은 다른 구역 무법자들과 비침략 협약을 맺었다고 했어. 이제는 아무도 우리를 쫓아오지 않아."

레온이 고통스러운 눈물을 흘리며 전과 달라진 다리를 어루만졌다. 아스트레아는 앞으로 수없이 닥칠 위기를 감내해야 할 레온을 우두커니 지켜보았다.

"너희를 증오해!"

레온이 외쳤다.

"너희를 만난 날을 저주하고, 너희를 돕기로 마음먹었던 날을 저주하고, 너희가 내 다리를 자른 날을 저주해! 내 죽음은 무거운 돌처럼 너희 마음을 짓누를 거야."

"넌 죽지 않아!"

네스토르가 딱 잘라 말했다.

"우리가 너를 돌볼 거니까. 우리에게 도움이 필요할 때마다 네가 우리를 도와줬던 것처럼."

갑자기 레온은 크게 웃기 시작했다.

"하! 웃기는 소리 하고 있네. 넌 지금 우리 셋 중 이제 너만 남자라고 생각하지?"

레온이 비꼬듯이 말했다.

"넌 잘못 생각하는 거야. 넌 도서관 생쥐일 뿐이고, 책은 현실에 아무런 도움이 안 돼. 우리 셋 중에서 유일한 남자는 나고, 앞으로도 그럴 거야. 알았어? 난 용감하고, 넌 겁쟁이니까. 내 다리가 잘렸다고 변하는 건 아무것도 없어, 없다고!"

"네 맘대로 생각해."

"날 미친놈 보듯 바라보지 마. 환자를 돌보는 듯한 애처로운 눈빛과 말투는 필요 없어! 너희 따위가 나 없이 단 하루라도 버틸 수 있을 것 같아? 절대 못 버텨. 조만간 다른 무법자들이 공격할 거고, 난 그들과 싸울 수 없으니 우리는 죽고 말겠지! 그건 다 네 탓이야. 그 빌어먹을 아기를 돌보려는 너희 둘의 욕심 때문이라고!"

"우리는 그렇게 해야만 했어, 레온."

아스트레아가 조용히 말했다.

"그래, 하지만 그 결과는 결국 내가 다 떠안았잖아."

레온은 몇 초 동안 아무 말도 하지 않았다. 얼핏 진정이 된 듯이 보였지만 그렇지 않았다. 기세를 몰아서 다시 달려들었다.

"너희를 다시는 보고 싶지 않아! 날 여기에 두고 얼른 꺼져."

"우리는 널 버리지 않을 거야."

아스트레아가 달래듯이 말했다.

"아니, 다른 선택의 여지는 없어. 난 여기서 꼼짝하지 않을 거니까. 내 여행은 여기서 끝났어."

"네가 원하든 아니든 우리는 너와 함께 갈 거야."

"안 가!"

"아니, 넌 가게 될 거야."

네스토르가 단호하게 말했다.

"우리가 너한테 등을 돌릴 거로 생각해? 말도 안 되는 소리야. 우리는 친구를 배신하지 않아."

"내가 너희를 버릴 거야."

"아닐걸."

이번에는 아스트레아가 대답했다.

"잘 들어. 진즉에 너희를 버렸어야 했어. 그때 주저하지 말고 저 아기를 죽였어야 했다고."

그 말에 네스토르가 레온 앞에 우뚝 섰다.

"너 정말 불쌍하구나."

"만일 누군가 네 한쪽 다리를 잘랐더라면, 너도 불쌍해졌겠지."

레온이 비꼬았다.

"다리 때문에 불쌍하다는 게 아니야, 레온. 네 태도 때문이지."

"제발 날 그냥 내버려 둬."

"우리가 이 여행을 시작했을 때, 나는 너를 존경했어. 너는 내가 원하는 걸 가졌으니까. 용기 있고, 힘세고, 빠르고……."

"닥쳐."

"너는 여전히 예전의 그 레온이야. 변한 건 하나도 없어"

"아니, 나는 이제 아무짝에도 쓸모없어."

14

옥상으로 올라간 네스토르는 손 차양을 만들어 수평선을 살폈다. 바람이 얼굴에 닿았고, 태양이 몸을 금빛으로 물들였다. 갈매기 한 마리가 네스토르의 머리 위를 빙빙 돌았다. 그의 눈앞에 바르셀로나 전경이 펼쳐져 있었다.

도시가 네스토르의 발아래에 있었다. 아스트레아는 네스트로의 뒷모습을 바라보고 있었다. 네스트로에게서 제법 듬직한 분위기가 풍겼다. 레온이 불행한 일을 겪고 난 뒤, 네스토르는 친구와 로보를 보호할 책임을 지게 되었다. 지금은 로보를 지키기 위해서라면 그 어떤 위험도 기꺼이 감수하겠다는 결연한 의지가 엿보였다.

아스트레아의 시선은 레온에게로 향했다. 레온은 네스토르로부터 멀찍이 떨어져 목발을 짚고 걷는 연습을 하고 있었다. 약국을 뒤져서 구해 온 것이었다.

아스트레아의 시선을 느낀 레온이 말했다.

"나는 네 생각만큼 용감하지 않아."

"아니, 용감해."

"예전에는 훨씬 더 용감했어."

아스트레아는 그 대답을 기다렸다.

"예나 지금이나 여전히 똑같은 너야."

"하지만 지금은 한쪽 다리가 없는 용감한 사람이지."

"혹시 네 용기가 다리에서 나왔던 거야?"

목발을 내려놓고 앉은 레온은 말이 없었다. 아스트레아는 잠시 갈매기를 바라보다 레온에게 다가가 레온의 품에 로보를 안겼다.

"로보는 너의 아들이기도 해. 아버지가 둘이고 엄마가 하나인 아이라고. 이 사실을 절대 잊지 마."

레온이 로보의 얼굴을 빤히 쳐다보았다. 레온의 품에 안긴 로보는 작은 두 팔을 올려 기지개를 켜고 하품을 했다. 레온이 아스트레아에게 대꾸하려는 순간, 네스토르가 다가와 말했다.

"무법자들이 보이지 않아."

레온을 보며 이렇게 덧붙였다.

"이제 우리에게 그 성의 위치를 알려 줘. 너는 어린이 군대 손에 거의 죽을 뻔했고, 스스로…… 아니, 네가 없어지면 그곳에 대해서는 영영 모르게 될 텐데, 그런 위험을 안고 이대로 있을 수는 없어. 지금 우리가 어디로 가는지 알아야겠어."

"도착하면 말해 줄게."

"그렇지만……."

"더는 토 달지 마. 난 여전히 이 여행의 안내자니까."

아스트레아와 네스토르는 서로를 쳐다보았다. 레온의 태도는 무례했지만 왜 그런 식으로 행동하는지 이해했다. 레온은 그 정보를 쥐고 있어야 자신의 쓸모를 증명할 수 있다고 생각했을 것이다.

"네가 끝까지 말해 주지 않겠다면 내 부탁을 들어줘. 제발 살아 있어."

그들은 거리를 계속 걸었다. 레온은 친구들에게 뒤처지지 않으려고 애썼지만 같은 속도로 따라가기는 무척 힘들었다. 한 시간이 넘게 걸었던 그들은 잠시 쉬었다 가기로 했다.

레온과 아르고스가 한 건물의 입구에서 쉬는 동안 네스토르와 아스트레아는 건물의 옥상으로 올라갔다.

"우리가 그걸 할 수 있다고 생각해?"

아스트레아가 네스토르에게 물었다.

"이제는 아무도 우리를 막을 수 없어."

"가끔 나는 이 도시를 떠나는 게 낫지 않을까 생각해. 시골로 가서 버려진 마을을 찾고, 거기에서 우리만의 마을을 세우는 거야."

"우리가 죽었을 때, 로보를 돌볼 사람들이 있는 곳이 더 좋을 것 같아. 로보에게는 굶주리지 않고 다른 친구들과 함께 지낼 수 있는 곳이 필요해."

"네 말이 맞는 것 같다."

"성에서 벗어나고 싶다면 언제라도 떠날 수 있어."

"우리끼리 살게?"

"그래, 우리끼리 사는 거지."

아스트레아는 네스토르를 꼭 안아 주었다. 로보는 그들 사이에 끼어 있었다. 두 사람은 한참을 그곳에 서 있었다. 네스트로는 도시를 바라보았고, 아스트레아는 네스토르의 어깨에 기대어 있었다. 로보가 소리 내어 웃었다.

"네스토르, 입을 맞춰도 될까?"

아스트레아가 먼저 말을 꺼냈다.

네스토르가 고개를 돌려 아스트레아를 바라봤다. 아스트레아의 얼굴은 피곤해 보였고 제대로 씻지 못해 지저분했으며 파란 두 눈엔 두려움이 가득했다. 하지만 네스토르의 눈에는 그 모습이 사랑스러워 보였다. 네스토르의 입술이 아스트레아의 입술에 닿았다. 부드러운 산들바람이 두 사람의 목덜미를 간질었다.

두 사람은 눈앞에 펼쳐진 도시를 바라보았다.

"예언자가 했던 말 기억나?"

네스토르가 물었다.

"그런 건 생각하지 마."

"우리 중 하나가 죽을 거라고 했잖아."

"미친 사람이야."

아스트레아가 신경질적으로 말했다.

"나는 그게 나일 것 같아."

"바보 같은 소리 좀 하지 마. 넌 절대 안 죽어."

"네가 알았으면 좋겠어. 만일 내가 죽는다면 난 의미 있는 삶을 살고 떠나는 걸 거야. 그 이유는 너를 만났기 때문이야. 네가 내 삶에 나타나지 않았다면 이 모든 일은 일어나지 않았을 테니까. 나는 여전히 그 아파트에 갇혀 있었겠지. 레온은 변함없이 이기적인 사람이었을 테고 로보는 자신을 낳아 준 엄마 옆에서 죽었을 거야. 넌 우리의 운명을 바꿨어. 정말 고마워."

이윽고 두 사람은 레온에게 돌아왔고 까사 드 레스 뿐세스 근처 차고에 도착할 때까지 함께 걸었다. 세 사람은 지하 3층에 자리를 잡았고, 네스토르가 먼저 불침번을 서겠다고 자처했다. 네스토르는 지하에 있으면 아무도 자신들을 발견하지 못할 거라고 생각했다. 하지만 밤늦게 검은 옷에 모자를 뒤집어쓴 세 명의 소년이 횃불을 들고 그곳으로 들어왔다.

네스토르는 침입자들을 위협했다. 하지만 그들은 어떤 방어도 하지 않았다. 그저 얼굴을 가린 채 가만히 서 있었다. 대치 상황 속에서 아르고스가 코를 들고 냄새를 맡다가 천천히 그들에게 다가갔다. 그리고 그들을 공격하는 대신 가장 키가 큰 소년 앞에 앉아 진짜 주인을 만났다는 듯 얌전히 있었다.

"우리는 너희와 싸우러 온 게 아니야."

가운데 서 있던 소년이 말했다.

"너희는 누구야?"

"우리는 아기가 보고 싶어서 왔어."

"아기?"

아스트레아가 담요로 로보를 가리고선 물었다.

"숨길 필요 없어. 너희가 아기와 함께 여행하고 있다는 것을 알고 있어."

왼쪽에 서 있는 소년이 대답했다.

"어떻게 알았지?"

레온이 힘겹게 일어나 벽에 기댄 채 물었다.

"모두가 알아. 도시 전체가 너희의 여행에 대해 이야기해. 너희는 많은 사람들에게 희망을 주었어. 침묵이 온 이후에 태어난 아이를 보호하는 세 명의 여행자는 이미 전설이 되었지."

아스트레아는 그 소년들이 위험하지 않다는 걸 확신하고 나서 조심스럽게 로보의 작은 머리를 담요 밖으로 보여 주었다. 세 명의 낯선 이들은 곧바로 모자를 벗어 백색증 얼굴을 드러내며 무릎을 꿇었다.

"예언자랑 같은 자들이다!"

레온이 소리쳤다.

"이전에는 모두 네 명이었는데, 지금은 셋뿐이야. 한 명은 산츠 기차역에서 죽음의 왕의 공격을 받았지. 우리는 그가 어떻게 죽는지 보았지."

"왜 그를 도와주지 않은 거야?"

"우리는 각자 언제 죽어야 하는지 알고 있어. 죽음을 거부해 봤자 소용이 없어."

"소방서에서 무법자들이 우리를 공격했을 때, 도와준 것도 너희야?"

"우리가 개를 보내긴 했지. 이 개가 너희를 보호할 거라는 걸 알고 있었거든."

"그럼 너희가 아르고스의 주인이야?"

"우리는 그 누구의 주인도 아니야. 그저 개에게 도와달라고 간청했고, 개가 우리의 요청을 기꺼이 받아 준 거지."

"우리는 죽은 예언자나 개 때문에 온 게 아니야."

그중 또 다른 예언자가 말을 이어받았다.

"지금부터 우리가 너희를 지켜 줄 거라고 말하러 왔어."

"도움은 필요 없어."

레온이 거만하게 대답했다.

"알아. 너희는 지금까지 먼 길을 오며 스스로 위험을 이겨 냈다는걸. 하지만 지금부터는 상황이 매우 복잡해질 거야. 그러니 목적지까지 안전하게 도착할 수 있도록 우리가 도울 거야."

또 다른 예언자가 덧붙였다.

"우리는 너희가 어디로 가고 있는지 알고 있어. 분명 우리 도움이 필요할 거야. 그 성을 공격하는 무법자들이 족히 수백 명은 되거든."

"우리의 목적지를 어떻게 알지?"

레온이 물었다.

"우리는 많은 것을 알고 있어. 그걸 어떻게 알았는지는 중요하지 않아."

"그런데 너희는 왜 이 일을 하는 거야?"

아스트레아가 물었다. 한 예언자가 아스트레아를 뚫어지게 쳐다보고 대답했다.

"우리는 침묵이 온 뒤에 태어난 생명을 보호하기로 맹세했어.

아기들은 새로운 세상을 이끌어 갈 존재들이니까. 그들이 이 세상을 바꿀 거야."

"혼돈의 시대는 영원하지 않을 거야."

다른 예언자가 덧붙였다.

"이 아이가……."

"로보, 이름이 로보야."

네스토르가 끼어들었다.

"로보, 로보는 침묵이 온 뒤에 태어난 첫 번째 아이야. 이 아이는 자라서 우리를 구하게 될 거야. 무법자는 이 아이의 힘을 인정하게 될 거야."

"그걸 어떻게 알지?"

"꿈을 꿨거든."

"미쳤군."

레온이 중얼거렸다.

"그래, 우리가 미쳐 보일 수도 있지. 우리가 원하는 건 오로지 너희가 살아남는 거야."

"너희 눈엔 우리가 스스로를 지켜 낼 수 없을 것 같아?"

레온이 칼을 뽑아 들며 물었다.

"긴 칼을 찬 너희보다 다리가 하나인 내가 더 잘 싸울 수 있다고."

"당연히 그럴 거야. 이미 도시 전체가 너의 용맹함을 잘 알고 있어. 너의 기분을 상하게 할 생각이 전혀 없어. 그저 여정의 마지막에 도사리고 있는 위험을 막으려는 것뿐이야. 제발 우리가 너희를 도울 수 있게 해 줘. 우리는 지금 너희에게 간청하고 있는 거야."

15

건물들 사이로 웅장한 사그라다 파밀리아*가 보였다. 그러나 건물의 외관이 달라져 있었다. 창문은 철판으로 덮여 있었고, 옆으로 기울어진 기둥들은 철조망으로 연결되어 있었다. 종탑의 창문에는 무기가 놓여 있었다.

"저기 누에바 바르셀로나**가 있어."

레온은 모퉁이를 돌자 나타난 성당을 보며 외쳤다.

"이게 성이라고?"

"응, 사그라다 파밀리아는 성이야. 그래 보이지 않아?"

---

* Sagrada Familia, 바르셀로나에 있는 가우디가 설계한 성당으로, '성(聖)가족 성당'으로 불린다. 스페인어로 '거룩한 가족'을 뜻한다.

** Nueva Barcelona, 스페인어로 '새로운 바르셀로나'라는 뜻.

아스트레아와 네스토르는 이 도시의 기념비적인 건물을 다시 쳐다봤다. 그제야 성이 요새로 보였다.

"저 안에서 새로운 공동체가 있어. 사람들은 저곳에서 무법자들의 공격으로부터 성을 필사적으로 방어하고 있어."

레온이 설명했다.

사그라다 파밀리아는 바르셀로나의 희망이자 새로운 세상의 싹이었다. 그러나 그 안으로 들어가는 건 호락호락해 보이지 않았다. 대략 오백 명쯤 되는 무법자가 성 앞에 펼쳐진 광장을 차지하고 있었다. 그들은 투석기를 이용해 성 중앙 쪽으로 돌덩어리를 쏘고, 다른 무리는 측면을 공격했다. 성 안의 주민들은 그들을 향해 끓는 기름을 붓고, 돌을 던지고, 창문에서 활과 총을 쏘며 공격에 맞섰다. 마치 이십일 세기에 벌어진 십자군 전쟁 같았다.

"우리는 절대 저 광장을 통과하지 못할 거야."

아스트레아가 걱정스럽게 말하자 예언자 한 명이 차분한 목소리로 대답했다.

"쉽지는 않을 거야."

예언자는 아스트레아를 가만히 쳐다보았다.

레온은 잘린 다리 끝을 자기도 모르게 쓰다듬었다. 다리가 멀쩡했다면 곧바로 무법자들에게 달려들었을 거다. 그들을 향해 조롱을 퍼부으면서. 하지만 지금은 그럴 수가 없었다. 눈앞의 상황을 안타깝게 바라볼 뿐이었다.

"어쩌면 포기해야 할지도 몰라."

레온이 말했다.

아스트레아와 네스토르는 잠시 대답을 망설였다. 가혹한 현실을 눈으로 확인한 두 사람이 레온의 말에 동의했다.

"레온 말이 맞아. 사그라다 파밀리아에 들어가는 건 불가능해. 차라리 이 도시를 떠나 안정된 마을을 찾는 게 낫겠어."

아스트레아가 쐐기를 박았다.

"너희는 어떻게 생각해?"

네스토르가 세 예언자에게 물었다.

"너희 결정에 따를 거야."

그들 중 하나가 대답했다.

"우리는 로보를 보호하기 위해 왔고, 그것 외에 다른 선택은 할 수 없어. 너희가 하고 싶은 대로 해. 우리는 따를 테니까."

"기꺼이 우리를 도와주기로 마음먹은 건 정말 고맙지만 너희도 어떤 행동이 최선일지 의견을 냈으면 좋겠어."

세 예언자는 동시에 눈을 감았고 깊이 생각하는 듯했다. 잠시 후 키가 큰 예언자가 입을 열었다.

"우리는 너희가 사그라다 파밀리아에 들어가야 한다고 생각해. 임신부들이 저 안에 살고 있어. 일부는 그곳에서 지내며 임

신을 했고, 다른 임신부들은 우리가 데리고 갔지. 하지만 그곳에
서 곧 태어날 아기들과 로보는 달라. 로보는 구세계와 신세계를
연결하는 다리인 셈이야."

"그게 무슨 의미야?"

네스토르가 다시 물었다.

"우리는 로보가 평화를 가져올 거라는 꿈을 꿨어. 우리 꿈은
절대 거짓말을 하지 않아."

"누에바 바르셀로나에 있는 많은 사람이 너희가 오길 기다리
고 있어."

또 다른 예언자가 말을 이었다.

"너희가 여기 있는 걸 알면 그들이 도와줄 거야. 길을 열어 줄
거야. 선택된 백성들 앞에 홍해가 갈라진 성경의 한 장면처럼 말
이지. 곧 그 광경을 보게 될 거야."

네스토르는 무법자들이 투석기로 성당을 향해 돌을 날리는 광
경을 가만히 지켜보았다. 그 공격으로 사람들이 다치고 종탑이
부서지자 일부 생존자들이 당황하기 시작했다. 곧 다른 사람들
이 나타나서 쓰러진 자들의 자리를 메우고 성을 방어했다. 임신
한 소녀도 눈에 띄었는데, 적을 향해 화살을 쏘고 있었다. 네스
토르는 그 모습을 보고 크게 감명받았다. 네스토르는 성 안의 사
람들이 자유를 지키고 질서를 세우며 억압의 종식을 위해 싸우

고 있음을 깨달았다.

"해 보자!"

네스토르가 확신에 찬 목소리로 외쳤다.

"누에바 바르셀로나에 들어가서 더 나은 세상을 만드는 걸 돕자."

"정말이야?"

아스트레아가 깜짝 놀라 물었다.

"만일 지금 이곳을 떠나 다른 곳에 정착한다면 우리를 필요로 하는 사람들을 도와주지 못했다는 후회 속에서 살게 될 거야. 내가 겁쟁이였다는 걸 자책하면서 남은 시간을 보낼 수 없어."

그날 밤 그들은 한 건물 옥상에 진을 쳤다. 예언자 중 한 명이 주위를 탐색하기 위해 떠났고, 남은 예언자는 망을 봤다. 그들은 난간 위에 서서 달빛을 받으며 누에바 바르셀로나를 바라보았다. 네스토르는 예언자에게 물었다.

"너희는 어떻게 예언할 수 있는 능력을 얻은 거야?"

"우리도 모르겠어. 침묵이 오고 난 뒤에 예언이 시작됐어. 우리에게 그건 해방이었지. 사람들은 백색증을 가진 우리를 늘 따가운 시선으로 바라봤지. 마치 이상한 벌레 보듯이 말이야. 하지만 예언 능력이 생기고 난 뒤에는 우리를 특별한 존재로 여겼어. 어쩌면 그 바이러스가 우리를 다르게 만들었을지도……."

"너희도 스물두 살이 되면 죽는 거야?"

"응. 그건 다른 사람들과 똑같아."

"너희의 예언은 늘 적중하니?"

모자를 눌러 쓴 예언자가 숨을 크게 들이쉬고 팔짱을 낀 채 대답했다.

"궁금한 게 있으면 말 돌리지 말고 바로 물어봐."

네스토르는 그 질문을 하는 게 내키지 않았지만, 이제는 솔직히 말해야 할 때라는 걸 느꼈다.

"죽은 너희 동료가 우리 중 하나는 죽을 거라고 예언했어."

예언자는 네스토르를 뚫어지게 쳐다보았다. 그의 밝은 두 눈이 밤하늘의 달처럼 빛났다.

"맞아."

"그게 누구야?"

"그건 말해 줄 수 없어. 죽음과 관련된 세세한 사항은 공개하지 않거든. 우리가 이 능력을 얻게 되었을 때 정한 규칙이야."

아무리 설득해도 소용없다고 예언자는 단호하게 말했다.

"그럼 그녀를 보호해 주겠다고 맹세해."

네스토르가 말했다.

"아스트레아를 말하는 거야?"

"응, 무슨 일이 있어도 그녀를 보호하겠다고 맹세해 줘."

"나는 로보를 보호해야 해. 그게 내 임무니까."

"아스트레아가 로보를 데리고 다니잖아."

"그럴 때는 아스트레아를 보호해야지."

다음 날 아침 레온은 가장 먼저 잠에서 깼다. 레온을 향해 신호를 보내고 있는 예언자와 눈이 마주쳤다. 레온은 몸을 일으켜 목발을 짚고 예언자가 있는 난간으로 갔다. 아래를 내려다보니 어린이 군대가 건물을 향해 다가오고 있었다. 그들 앞에는 가슴에 문신을 한 소년이 있었다.

"죽음의 왕이다!"

레온이 소리를 질렀다.

"빌어먹을 배신자."

바깥의 소란에 잠이 깬 네스토르는 그 모습을 보고는 화를 내며 소리쳤다.

"모두 다 거짓말이었어. 어린이 군대와 함께 있을 거라고 해놓고, 우리를 쫓아오고 있었어."

예언자는 두 사람을 보며 말했다.

"너무 성급하게 결론을 내리지 마."

예언자가 옥상 문으로 향하며 그들에게 따라오라고 손짓했다.

아스트레아와 네스토르, 레온은 죽음의 왕을 만나러 거리로 나갔다. 죽음의 왕 곁에는 전날 밤 정탐하기 위해 떠났던 예언자

가 있었고, 그 뒤로 천 명이 넘는 아이들이 조용히 따라오고 있
었다.

"너희를 도우려고 왔어!"

죽음의 왕이 말했다.

"이게 어떻게 된 일이야?"

"어젯밤에 이 소년이 우리를 찾아왔어."

죽음의 왕이 예언자를 가리켰다.

"너희가 큰 전투를 준비하고 있다고 전했어. 그래서 돕기로
했지."

죽음의 왕은 돌아서서 어린이 군대를 보며 소리쳤다.

"말해 봐, 소년들, 우리가 왜 온 거지?"

"로보를 위해! 로보를 위해! 로보를 위해!"

어린이 군대가 한목소리로 대답했다.

"그럼 우리는 무법자들과 어떻게 할 것인가?"

"싸워 이길 거야, 이길 거야, 이길 거야!"

"우리가 누구지?"

"미래의 주인공! 미래의 주인공! 미래의 주인공!"

그들이 구호를 외치는 동안 사거리에서 또 다른 무리가 다가
오고 있었다. 라발의 여전사들이었다. 그녀들은 몸에 검은 칠을
한 남자들과 함께 있었다. 레온은 곧바로 그들을 알아봤다. 그라

시아*의 반란군들이다. 그들은 그라시아 구역에서 재빠르고 잔인하게 무법자들을 몰아낸 전적으로 소문이 자자했다.

"너희, 남자 군대와 연합했구나."

아스트레아는 전에 만났던 임신한 여전사에게 다가가서 말했다.

"그래, 맞아!"

두 소녀는 마주보고 다시 만난 걸 기뻐하며 서로를 꼭 끌어안았다.

재회의 기쁨을 뒤로하고, 네스토르가 차 위로 올라가서 세 집단으로 구성된 군대를 바라보며 두 손을 들고 소리를 질렀다.

"이제 혼란의 시대를 끝낼 때가 왔다!"

어린이 군대와 라발의 여전사들, 그라시아 반란군들은 네스토르의 말에 소리를 지르며 손뼉을 쳤다.

순식간에 어린이 군대가 맨홀 뚜껑들을 열고 지하로 사라졌다. 이어서 라발의 여전사들은 주변 건물로 올라가서 옥상을 넘나들며 각자 자리를 잡았다. 그라시아 반란군은 사그라다 파밀리아의 측면으로 연결되는 골목에 진을 쳤다. 아스트레아와 레온, 네스토르는 세 예언자와 함께 광장이 시작되는 지점까지 걸

---

* Gracia, 스페인 바르셀로나 시의 행정 구역으로 스페인어로는 '은혜'라는 뜻을 지닌다.

어갔다. 그들은 무법자들의 눈에 띄기 전, 광장의 모든 비둘기가
놀라서 날아갈 정도로 크게 선전포고를 했다.

16

무법자들은 전혀 예상하지 못한 공격을 받았다. 곳곳의 건물 옥상에서 화살을 쏘는 여전사들과 촘촘하게 이동하는 그라시아 반란군 무리에 둘러싸였다. 그뿐이 아니었다. 갑자기 맨홀 뚜껑들이 열리며 어린이 군대가 전장 여기저기에서 나와 무법자들을 교란하고는 재빨리 지하로 사라졌다.

무법자들은 희망이 없는 젊은이들이었다. 폭력이라는 삶의 방식을 택한 인간들로 성 안에 있는 사람들의 평화를 파괴하며 기쁨을 느끼는 살인자들이었다. 무법자들이 처음 세 군대를 봤을 때 동요하지 않았다. 그들은 전쟁의 기운을 느끼자 오히려 더 사나워졌다. 무법자들은 자신들이 바라던 폭력이 난무하는 세상에서 활기가 넘쳤다.

바깥 상황이 심각해지자 사그라다 파밀리아의 문이 열리고, 누에바 바르셀로나의 야전군까지 전투에 합류했다. 야전군이 우르르 몰려나와 무법자들을 정면으로 공격하면서 꽤 많은 무법자가 쓰러졌다. 사방에서 흩어져 나온 야전군 중 대장으로 보이는 이십 대 청년은 핏발이 선 눈으로 전쟁터를 관찰했다. 그는 지난 몇 개월 동안 사람을 죽일 때마다 몸에 별 문신을 했다. 지금은 원래 피부색을 알아보기 힘들 정도였다.

네스토르와 세 예언자는 전장에 있었고 아스트레아는 로보를 지키며 후방에 남아 있었다. 레온은 그 둘과 함께 전투를 지켜보았다. 아무것도 할 수 없다는 무력감에 꽉 쥔 주먹이 부들부들 떨렸다. 레온은 자신이 무법자 앞에 나설 수 없다는 사실을 받아들이기 힘들었다. 아스트레아는 로보를 안은 채 나서지 못하고 불편한 마음으로 서 있었다. 생존자들이 자유를 위해 목숨을 걸고 싸우는 것을 보며 감정이 북받쳐 올랐다.

"우리도 싸워야 해."

아스트레아가 레온을 보며 말했다.

"그럼 로보는 어쩌고?"

"등에 업고 나갈게."

아스트레아가 수건으로 포대기를 만들어 로보를 업었다.

"로보와 너랑 나 모두 다 같이 갈 거야. 누에바 바르셀로나 문까지 꼭 도달할 거야. 우리만 가만있을 수만은 없잖아. 네가 가진 칼 하나를 내게 줘."

레온은 아스트레아에게 칼을 건넸다.

"로보가 크면……."

아스트레아가 말을 이었다.

"어린이 군대의 기억을 되찾아 주고, 두 명의 아버지와 한 명의 엄마가 수백 명의 무법자와 맞섰다고 모두에게 이야기해 주겠지. 아름다운 도시의 자유를 위해 싸운 우리는 생존자들에게 전설이 될 거야."

레온은 아스트레아의 말에서 전해지는 강렬한 에너지에 소름이 돋았다. 목발을 짚은 레온과 아기를 업은 아스트레아는 준비가 끝났다.

"우리는 이 모험을 함께 시작했고, 이제 함께 마무리할 때가 온 거야. 살든지 죽든지."

레온이 외쳤다.

마침내 두 사람이 공격에 뛰어들었다.

레온과 아스트레아가 전선으로 뛰어드는 걸 보고는 세 예언자뿐만 아니라 네스토르와 죽음의 왕은 더욱 힘을 냈다. 그리고 몇 시간이 훌쩍 지난 뒤, 바르셀로나 곳곳에 죽음의 그림자가 짙게

드리웠다.

무법자들은 사방에서 공격해 오는 여러 군대를 잔인하게 해치웠다. 지하에서 나오는 예닐곱, 여덟 살짜리 아이들을 죽이는 데도 전혀 거리낌이 없었다. 어린이 군대는 죽음의 왕을 전적으로 신뢰했다. 죽음의 왕은 지체하지 않고 적진을 향해 돌진했다. 그는 야구 방망이를 좌우로 휘두르며 적들을 해치웠다. 마침내 누에바 바르셀로나의 문에 접근한 죽음의 왕은 레온과 아스트레아가 먼저 그 안으로 들어갈 수 있도록 길을 만들어 주었다. 한편 전장의 다른 쪽에서는 사그라다 파밀리아의 주민들이 길 위의 장애물을 제거해 가고 있었다. 세 예언자가 꿈에서 본 진입로가 만들어지고 있었다.

죽음의 왕이 거침없이 앞으로 나가 그 구역의 우두머리와 마주했다. 이십 대의 우두머리가 엄청난 크기의 쇠망치를 들고 죽음의 왕을 기다리고 있었다. 그는 셔츠를 벗어 던졌다. 근육질 몸과 가슴에 새겨진 문신이 드러났다. 그 모습만으로도 악랄한 기운이 느껴졌다. 그는 이글거리는 눈으로 죽음의 왕을 쏘아보며 말했다.

"배신자!"

무법자 우두머리가 먼저 입을 열었다.

죽음의 왕은 그의 비난에 아무런 대꾸도 하지 않았다. 양손으로 야구 방망이를 잡은 채 검은 이를 드러내고 미소를 지어 보였다. 이윽고 죽음의 왕이 입을 뗐다.

"마침내 수준에 맞는 상대를 만났군!"

두 거물이 충돌하자 모두 전투를 중단하고 그 장면을 지켜보았다. 이 결투의 결과에 그들의 미래가 달려 있었다. 만일 죽음의 왕이 이기면 생존자들에게 유리하지만 무법자 우두머리가 승리한다면 누에바 바르셀로나가 처참하게 무너질 것이었다. 그곳에 모인 사람들이 얼마나 숨죽이고 있었는지 심장 뛰는 소리가 들릴 것 같았다.

무법자 우두머리가 죽음의 왕을 향해 돌진했다. 죽음의 왕은 잽싸게 공중으로 한 바퀴 돌아 적의 발목을 쳤다. 야구 방망이에 박힌 못들이 발목에 파고들면서 살갗이 찢기자 무법자 우두머리는 살짝 비틀거렸다. 그러나 쓰러지지 않고 곧바로 칼을 빼서 죽음의 왕의 오른쪽 어깨를 찔렀다.

칼에 맞고 정신이 혼미해진 죽음의 왕이 안간힘을 쓰며 야구 방망이로 무법자의 머리를 내리치려 했지만 무법자 우두머리가 먼저 달려들며 그를 망치로 내리쳤다. 죽음의 왕의 왼쪽 쇄골이 내려앉으면서 들려 있던 방망이가 땅으로 떨어졌다. 죽음의 왕은 무릎을 꿇을 수밖에 없었다. 두 팔을 도저히 움직일 수가 없었다. 죽음이 그의 이름을 부르고 있었다.

죽음의 왕은 절대 눈물을 흘리지 않으리라 다짐했었다. 누가 뭐라고 해도 자신은 바르셀로나에서 강한 전사 중 하나였다. 그는 끝끝내 약한 모습을 보이지 않으려고 했다. 고귀한 일에 동참하며 생을 마감한 스스로가 자랑스러웠다. 죽음의 왕은 무법자 우두머리가 다시 망치를 들었을 때, 턱을 치켜들고 미소를 지으며 소리쳤다.

"나는 죽음의 왕이다. 내 동료들이 너희를 죽일 것이다!"

무법자 우두머리 귀에는 그 말이 들리지 않았다. 망치를 힘껏 들어 올린 후 죽음의 왕을 향해 내리쳤다.

무법자 우두머리는 부하들의 응원을 받으며 승리를 기뻐했다. 그러나 환호 소리에 정신이 팔린 나머지 주위를 살피지 못했다. 분노에 찬 네스토르는 그를 향해 달려가 땅을 박차고 뛰어올라 그의 가슴에 칼을 꽂았다.

무법자 우두머리는 마치 거대한 건물이 단숨에 무너지듯 쓰러졌다. 하지만 무법자 중 하나가 전의를 다시 불태웠다. 리더를 잃고 당황하던 어린이 군대를 향해 무법자가 달려들었다.

네스토르는 무법자들로부터 아이들을 지키기 위해 달려 나갔다. 무법자들은 그의 날카로운 칼 앞에 힘없이 쓰러졌다. 그 모습을 보고 있던 레온이 옆에 있던 아스트레아에게 말했다.

"진짜 전사는 저기 있었군."

"그렇네, 제대로야."

아스트레아가 인정했다. 상황을 정리한 네스토르와 사그라다 파밀리아의 야전군이 전장 한가운데에서 만났다. 무법자들이 좌우에서 그들을 공격했지만 아스트레아와 로보, 레온이 누에바 바르셀로나로 들어갈 여유는 충분해 보였다.

마지막 순간, 목적지가 코앞에 있을 때였다. 몇몇 무법자들이 야전군의 대열을 뚫고 안으로 달려들었다. 그들은 아스트레아를 향해 달려갔다. 네스토르는 조금 전까지 쥐고 있던 긴 칼을 버리고 그들을 막아서며 두 팔을 벌렸다. 네스토르는 예언자들의 예언이 아스트레아가 아닌 자신을 통해 이루어지길 바랐다. 네스토르의 머릿속에서는 아스트레아가 살 수 있을 거라는 생각뿐이었다.

그러나 운명은 그의 뜻과 달랐다. 자신을 희생하려는 네스토르 앞으로 아스트레아가 나서며 무법자들의 창을 가로막았다. 창은 아스트레아의 팔에 안겨 있던 로보의 귀에서 입까지 상처를 남기고 아스트레아의 심장을 관통했다. 아스트레아는 그 자리에서 쓰러졌다.

세 예언자가 달려가 아스트레아를 일으켜 세우고, 로보와 함께 성 안으로 들어갔다. 나머지 전사들도 뒤따라 성 안으로 들어가고, 네스토르만 전장에 남았다. 아스트레아를 공격한 무법자들은 분노로 가득한 네스토르의 눈을 마주하고 그대로 얼어붙었다. 네스토르는 칼을 휘둘렀다. 스스로를 제어할 수 없었다. 그때, 누에바 바르셀로나 입구에서 레온이 네스토르를 향해 소리쳤다.

"들어와! 아스트레아가 살아 있어. 널 찾아."

남은 무법자는 손에 꼽을 정도였다. 네스토르가 성까지 이어진 길에서 그들을 처리하는 데는 얼마 걸리지 않았다. 네스토르가 전장을 뒤로하고 성으로 들어갔다.

아스트레아의 가슴에는 창이 꽂혀 있었다. 네스토르와 레온은 창을 뽑으려 시도했지만 그것은 죽음을 앞당기는 일이라는 것을 깨닫고 그냥 두었다.

"나 여기 있어, 아스트레아. 네 바로 옆에 있어."

네스토르가 아스트레아에게 속삭였다.

"로보는 어때?"

네스토르는 주변을 둘러보다가 예언자 중 하나가 로보를 안고 있는 것을 발견했다.

"무사해. 얼굴에 흉터가 남겠지만 다른 건 다 괜찮아. 네가 로보를 지키고 이 도시에 희망을 돌려줬어."

"레온과 너와 나, 우리 셋이 해낸 거야."

"맞아. 우리가 로보를 구했어. 하지만 이건 네가 시작한 일이야. 네가 이 여행을 계속해 나갈 수 있도록 우리에게 힘을 줬잖아."

아스트레아가 기침을 하자 입에서 피가 쏟아졌다.

"한 가지만 약속해 줘."

아스트레아가 속삭였다.

"로보를 잘 돌보겠다고 약속해 줘. 절대 버리지 않겠다고, 로보에게 내 얘기를 해 준다고 꼭 약속해 줘."

"약속할게."

아스트레아가 고통에 몸부림쳤다. 죽음이 가까워지는 상황에서 아스트레아는 마지막 힘을 다해 네스토르를 바라봤다.

17

해 질 녘 즈음 장례식이 시작되었다. 태양이 장미 무늬 창문을 통과하며 사그라다 파밀리아의 성당 안을 붉게 물들였다.

누에바 바르셀로나의 주민들이 아스트레아의 관 주위에 모였다. 세 예언자는 횃불을 들고 아스트레아를 지키고 있었다.

모든 사람이 아스트레아의 이야기를 알게 되었다. 어린이 군대는 성 밖에서 일어난 모험을 주민들에게 이야기해 주었다. 이야기는 몇 시간 동안 이어졌다. 기록을 담당하는 주민들은 아이들의 말을 받아 적었고, 그것은 새로운 세대가 엮은 최초의 책이 될 것이었다.

네스토르는 부서진 종탑 꼭대기에 있었다. 도시 곳곳에는 여전히 무법자들의 지배 아래 살아가는 생존자들이 많을 거라는 생각을 했다.

예언자 중 한 명이 그를 찾아왔다.

"네가 무슨 생각을 하는지 알아. 넌 떠날 생각을 하고 있어. 하지만 그러면 안 돼. 여기는 너의 도움이 필요해. 누에바 바르셀로나에는 선생님이 필요해. 책을 많이 읽은 너는 좋은 선생님이 될 수 있어."

네스토르가 아무 말도 하지 않았다.

"그리고 또 중요한 일이 있어. 저들에게 모범이 될 사람이 필요해. 이제 너는 전사가 되었어. 지성을 겸비한 전사 중의 전사지. 너는 아이들에게 완벽한 모델이 될 거야."

"관심 없어."

"그들은 어른 없이 새로운 세상을 준비해야 해. 너는 누에바 바르셀로나의 영웅이 되었어."

"진정한 영웅은 레온이야."

"아이들은 그를 몰라."

"이곳 주민들은 레온을 한쪽 다리가 없는 사람 정도로 알고 있지만 그 애는 특별한 전사였어. 밖으로 나가 싸울 수는 없겠지만 싸우는 방법을 알고 있어. 진정한 지도자를 찾는다면 그 애를 선택해."

"정말 재미있군. 레온은 진짜 영웅이 너라고 했는데."

"거짓말을 하는 거야."

예언자는 하늘을 바라보았다.

"내가 있어야 할 자리는 이곳이 아니야."

네스토르가 딱 잘라 말했다.

"너는 로보와 함께 있어야 해. 너의 의무는 부모로서 그를 돌보는 거니까."

"나는 그의 아버지가 아니야."

"아니, 너는 로보의 아버지야. 네가 아무리 부정해도 그건 변하지 않는 사실이지."

예언자는 뒤돌아 계단을 내려가기 전에 말을 덧붙였다.

"내려와. 이제 아스트레아를 보내 줘야 하니까. 네가 없이는 할 수 없잖아."

네스토르는 조금 더 그곳에 머물렀다. 아스트레아와 함께 있었던 순간들이 떠올랐다. 해 질 무렵 옥상의 입맞춤이 생각났다. 아직도 그 애의 따뜻한 온기와 뺨을 간질이던 머리카락이 느껴졌다. 네스토르는 눈물을 삼켰다. 여행 전 네스토르는 사랑하는 가족의 죽음과 무법자의 잔인함, 생존자의 고통 등을 목격하고 눈물을 흘리는 나약한 소년이었다. 하지만 현실은 그를 강하게 만들었고, 이제는 쉽게 감정을 드러내지 않았다.

네스토르는 장례식장으로 향했다. 네스토르가 나타나자 사방이 조용해졌다. 예언자들은 장례식을 거행했다. 기도가 끝난 뒤, 거대한 석판이 관을 영원히 봉인했다. 제단 옆에 놓인 관이 무덤 속으로 옮겨졌다. 대리석이 바닥에 닿는 소리가 들리는 순간, 네스토르의 마음은 무너져 버렸다. 눈물을 흘리지 않겠다고 다짐했지만 도저히 그럴 수가 없었다. 더는 아스트레아를 볼 수 없다는 생각에 비통한 울음이 터졌다. 그 울음은 장례식에 참석한 사람들에게 큰 충격을 안겼다. 슬픔이 누에바 바르셀로나를 뒤덮었다.

네스토르는 레온에게 다가갔다. 레온 곁에 있던 아르고스도 슬퍼 보였다. 두 사람은 뜨겁게 포옹한 후 서로를 바라봤다. 네스토르는 레온에게 자신의 계획을 말했다.

"난 이제 떠날 거야."

"알아. 어디로 갈 거야?"

"도시로 돌아갈 거야. 이 성에 있을 수 없어. 도시에 남은 생존자들을 도와야 해."

"뭘 하고 싶은 건데? 모두를 구하고 싶어?"

"그건 불가능하지만 내가 할 수 있는 최선을 다하고 싶어."

"미쳤군! 거기서 무슨 일이 있었는지 기억 안 나? 그 일을 다시 하고 싶어?"

네스토르는 대답하지 않았다. 유리창을 통해 들어온 빛이 네스토르의 몸을 물들이는 내내 침묵했다. 이내 입을 열었다.

"만일 아스트레아가 있었다면 무법자들에게 고통받는 아이들을 돕길 바랐을 거야."

"아니."

레온이 단호하게 말했다.

"아스트레아는 네가 로보와 함께 있으면서 로보를 돌보길 원했을 거야."

"로보에겐 네가 있잖아. 난 네가 로보를 잘 돌볼 수 있다는 걸 알아. 네 아들이기도 하니까. 아스트레아가 한 말을 잊지 마. 로보는 아빠가 둘이고 엄마가 한 명이란걸."

네스토르는 로보가 누워 있는 침대로 가 로보를 두 팔로 들어 안고 속삭였다.

"맞아, 엄마에게 너와 함께 있겠다고 약속했어. 하지만 밖에 수천 명의 아이가 있다는 것을 알면서 이곳에 머물 수는 없단다. 지금은 네 곁을 떠나지만 널 만나러 올 거야. 그러니 잊지 마. 내가 널 사랑한다는걸. 로보, 정말 사랑해."

네스토르가 로보를 레온에게 안겨 주었다.

"나도 너와 함께 가고 싶지만 다리가……."

"너는 누에바 바르셀로나 아이들에게 스스로를 지키는 법을 가르쳐야 해. 지금부터 너의 임무는 그거야."

"마음을 확실히 굳힌 거야?"

"응."

친구의 눈을 들여다보던 레온은 더는 그를 이곳에 머무르도록 설득할 수 없다는 걸 깨달았다.

"우리가 처음 만난 날, 기억나?"

레온이 물었다.

"그럼. 너 정말 별로였어."

"너도 마찬가지야."

둘이 마주 보고 함께 웃었다.

"이제 진지하게 말할게."

레온이 말을 덧붙였다.

"처음 만났을 때, 넌 완전 책벌레였어. 솔직히 말하면 난 네가 부러웠어. 넌 영리한 머리를 가졌거든."

"난 너와 같은 용기를 가질 수 있다면, 내가 가진 모든 것과 바꿨을 거야."

"이제는 가지고 있잖아. 넌 강하고 똑똑해. 지금의 너를 진심으로 존경해."

"모두 너와 아스트레아에게 배운 거야."

"이미 넌 나를 훨씬 넘어섰어. 너는 스승을 넘어선 제자야. 네가 자랑스러워."

네스토르가 아르고스의 머리를 쓰다듬자 아르고스가 벌떡 일어나 네스토르의 곁에 섰다.

"애는 너와 함께 가고 싶을 거야."

레온이 말했다.

네스토르는 아무 대답도 하지 않고 꼬리를 흔드는 아르고스를 쳐다보았다.

이윽고 네스토르가 발을 내디뎠다. 아르고스가 그의 옆에 붙어 성문을 향해 걸어갔다. 네스토르가 세 명의 예언자 곁을 지나갈 때, 그들 중 한 사람이 네스토르의 어깨에 손을 얹고 말했다.

"우리는 친구를 잃지만, 도시는 영웅을 얻는군."

네스토르는 누에바 바르셀로나를 떠났다. 시간이 흐르면서 네스토르에 관한 이야기는 멀리 퍼졌고 도시의 많은 생존자들이 네스토르 덕분에 자유를 되찾았다.

전설이 만들어지고 있었다.

알바로 콜로메르는 성인 독자들
에게 더 익숙한 작가이자 저널리스트이다. 하지만 이 작품이 스
페인의 권위 있는 하엔 상을 받고 중학교 필독서로 선정되면서
청소년들과도 가까운 작가로 발돋움하게 되었다. 그는 도시 전
체가 내려다보이는 몬주익성 작업실에서 바르셀로나의 디스토
피아를 상상했다. 오십 년마다 바르셀로나를 폭격해야 한다고
말했던 에스파르테로 장군으로 빙의되었다며 농담처럼 집필 계
기를 말한 그는 마침 카탈루냐 문학계에서 큰 성공을 거둔 청소
년 공상 과학 소설 《두 번째 기원의 타입스크립트》의 출간 50주
년을 맞아 묵시록적 소설을 쓰기로 마음먹었다. 그에게 소설 쓰
기는 기존의 도시를 파괴하고 새로운 바르셀로나가 태어날 기회

를 주는 그만의 창조적 행위였다.

이 소설은 가까운 미래의 바르셀로나를 배경으로 하지만 내용은 공상적이다. 이름 모를 바이러스가 어른들을 전멸시킨 뒤 황폐해진 도시에서 어린 생존자들이 살아남기 위한 치열한 싸움을 한다. 특히 환경 파괴가 압제적 사회로 이어지는 생태주의적 메시지를 시작으로 페미니즘, 새로운 가족 형태, 전체주의를 향한 메시지 등을 담았다. 더불어 인간의 마음을 들여다보게 하는 우정과 사랑, 헌신과 충성, 경쟁과 변화 등이 곳곳에 보석처럼 박혀 있다. 예를 들어 종말을 맞은 바르셀로나에서 세 명의 십 대와 신생아로 이루어진 사그라다 파밀리아^{거룩한 가족}가 탄생한다. 역설 위에 세워진 거룩한 가족사를 보여 주는 것이다. 저자는 전통과 새로운 역할을 섞어서 새로운 형태의 가족을 만들어 냈다.

이 책을 읽다 보면 바이러스가 창궐한 오늘날의 위기가 겹치면서 위태로운 기시감이 느껴질 것이다. 그리고 '나라면?'이라는 질문이 머릿속에 들어오는 순간 어떤 행동이든 시작할 것이다. 건물 안에 숨거나 다른 사람들과 연대하고, 주인공처럼 자유를 찾아 떠나거나 투쟁하거나 더 약한 이들을 짓밟거나……

주인공들과 함께 바르셀로나 거리를 헤매면서 희망을 발견한 것처럼 독자들도 여러 군상 중 자신의 모습을 찾아보며 미래의

불빛을 찾길 바란다. 공상 같은 현실을 경험하는 요즘, 앞으로
무슨 일이 벌어질지는 모르지만 또 혹시 아는가. 네스토르처럼
이런 소설을 많이 읽어 둔 것이 도움이 될는지.

어른 없는 세계

초판 발행 2023년 1월 11일

지은이 알바로 콜로메로
옮긴이 김유경

책임편집 최윤희
마케팅 강백산, 강지연
디자인 이정화

펴낸이 이재일
펴낸곳 토토북
주소 04034 서울시 마포구 양화로11길 18, 3층 (서교동, 원오빌딩)
전화 02-332-6255
팩스 02-332-6286
홈페이지 www.totobook.com
전자우편 totobooks@hanmail.net
출판등록 2002년 5월 30일 제10-2394호
ISBN 978-89-6496-487-3 43870